L'HOMME LIBRE

Jean-Jacques **Bourdin**
avec la collaboration de Patrick Mahé et Anne Nivat

L'HOMME LIBRE

COLLECTION **DOCUMENTS**

cherche
midi

du même **auteur**

À l'écoute, en collaboration avec Anne Nivat, Anne Carrière, 2007.

23, rue du Cherche-Midi
75 006 Paris

À Anne, libre, elle aussi

Introduction

Un début d'après-midi au cœur de l'été... Le silence est mon seul compagnon. Il m'enveloppe et me force à me taire. Je n'y suis plus habitué tant le vacarme du monde m'emporte quotidiennement.

Il est temps d'observer une halte, de lever les yeux sur les contours du dinosaure assoupi que dessinent les replis de la montagne d'en face, de tendre l'oreille pour deviner l'invisible présence d'un léger souffle dans les châtaigniers. Il est temps d'accrocher mon regard à cette rude terre cévenole jamais conquise, car toujours si bien défendue. Les camisards ont harcelé ici les dragons du roi Louis XIV, les résistants ont piégé des soldats allemands, obligés à bondir de draille en draille, les ont essoufflés et finalement affaiblis par ces longues courses d'une vallée à l'autre.

Ici, on ne subit pas. Et ce ne sont pas quelques compagnies pétrolières américaines – aussi géantes fussent-elles – qui, au nom du profit immédiat et dévastateur, réussiront à venir s'abreuver à la sueur de nos anciens et troubler la pureté de notre eau. Ces terres cévenoles irriguées par les « assemblées du Désert » ne seront pas souillées par la recherche d'un hypothétique gaz de schiste que l'on pense enfoui à des milliers de mètres. Je suis devenu militant de ce territoire classé au patrimoine mondial de l'Unesco, et cette cause est la seule concession faite à mon indépendance...

Bien avant moi, et avec considérablement plus de courage, camisards, juifs et maquisards avaient trouvé refuge à l'ombre des murs de pierres sèches.

Serait-ce ce retour vers mes origines qui m'a poussé à vous faire entrer dans les coulisses de mon univers professionnel ? Est-ce que je me sens obligé de me justifier face aux accusations de populisme qui accompagnent chaque témoignage diffusé sur nos antennes ou chaque reportage écrit sur le fonctionnement de notre radio ? Suis-je en train de dénoncer une classe politique qui n'aurait de « responsable » que son qualificatif ? Oserais-je donner des leçons de journalisme à une « élite » dont je fais partie ? Pas du tout. Ici, je m'exprime librement, je m'engage et j'assume...

Je ne suis savant en rien, je ne suis ni sociologue ni philosophe, mais j'observe, j'écoute et je transmets. Je répète souvent ces deux mots à l'antenne : « Bougeons-nous ! » Je me suis donc « bougé » pour vous proposer ce livre que je qualifierais de pamphlet : c'est un écrit de circonstance dans lequel je n'ai recherché ni argument ni preuve. Mon seul objectif est de pousser le lecteur à réfléchir, voire à agir, en lui suggérant l'indignation. La France, notre pays, décline, mais elle n'est pas en décadence, et notre énergie doit nous permettre de nous redresser, à condition de nous montrer responsables et, surtout, courageux.

Dans ces pages, nous allons partager mes rencontres avec ces femmes et ces hommes politiques que je retrouve tous les matins face à moi, « les yeux dans les yeux ». Et vous revivrez dans le détail le face-à-face avec Jérôme Cahuzac qui a été tant commenté. Vous découvrirez des attitudes, vous comprendrez les engagements des uns et des autres, les faiblesses, les lâchetés, mais aussi les convictions de chacune ou de chacun. Ici, vous vous remémorerez différemment deux campagnes présidentielles ponctuées par des interviews sans complaisance... Vous retrouverez des histoires de sous-marins, de chiites et de sunnites, les fameuses questions « politiquement concrètes », des « entretiens d'embauche » ; nous irons aussi traquer ces « conseillers de l'ombre » qui balisent l'environnement médiatique de leur champion.

Je les croise sans trop les voir pour éviter toute collusion ou la moindre connivence... Je fuis mes confrères et raconte combien l'« âme journalistique » peut être faible au point parfois de se perdre. Nous sommes décrédibilisés et nous sommes tous coupables d'avoir trop souvent aliéné notre liberté. L'information passe par un prisme déformant qui égalise au même niveau l'important et l'accessoire. Avez-vous remarqué combien le qualificatif « historique » est utilisé par nos médias ? « Rendez-vous historique », « jour historique », « but historique », « décision historique », « contrat historique », etc.

Le formatage tue l'exigence et bâillonne la différence. Être différent reste pourtant le meilleur moyen de rester indépendant et de se faire respecter. Oui, je revendique cette différence que je n'ai de cesse d'inculquer à mes équipes. Je suis un homme libre, oui, mais ça ne veut pas dire que d'autres ne le sont pas. Je ne cède à aucun compromis dans la construction de mon rendez-vous politique, comme je le raconte ici, et je donne toute sa place à l'expression publique de celles et ceux qui m'appellent ou m'écrivent tous les jours. Eux n'emploient pas d'« éléments de langage »... Ce sont leurs témoignages quotidiens qui me donnent envie de continuer, et c'est d'abord pour « mes » auditeurs et téléspectateurs que ce livre existe ; pour qu'ils ne soient pas dupes.

Ce livre est le fruit de longs entretiens avec Patrick Mahé, le compagnon des « balades irlandaises » à nos débuts dans le journalisme sportif, mais il est surtout le résultat d'une réflexion quotidienne conduite sous l'œil aiguisé, mais toujours bienveillant, d'Anne Nivat, ma femme, grand reporter indépendant, reporter de guerre, prix Albert-Londres et auteur de nombreux livres. Sa détermination, ses critiques, ses remarques, son imperturbable exigence journalistique m'ont été indispensables.

1

La question « politiquement concrète » : stop ou encore ?

Le teint légèrement hâlé, le cheveu mi-long qu'un subtil brushing relève au-dessus de la nuque, Ségolène Royal montre une certaine assurance au micro de RMC, où elle signe sa rentrée politique.

En 2007, année présidentielle, le vent de la nouvelle année souffle bon sur la destinée de cette femme politique. Deux mois plus tôt, Ségolène Royal triomphait de ses rivaux lors de la primaire organisée par le Parti socialiste pour désigner son candidat à l'élection présidentielle.

En six débats, dont trois télévisés en direct, Ségolène Royal avait nettement distancé ses concurrents, et non des moindres : MM. Laurent Fabius et Dominique Strauss-Kahn. François Hollande, alors son compagnon de vie, ainsi que Lionel Jospin et Jack Lang, tardivement rallié à Ségolène, avaient renoncé.

Sa victoire avait été sans appel : dès le premier tour, la « Dame du Poitou » avait recueilli quelque 100 000 voix d'adhérents et de sympathisants, soit plus de 60 %

des suffrages, laissant DSK à 20,69 %, et Laurent Fabius à 18 %!

Dans le duel sans merci qui s'amorce face à Nicolas Sarkozy, cette année 2007 s'annonce décidément sans nuage pour Ségolène.

Sûre de son étoile et bardée de convictions, c'est en conquérante tranquille que Ségolène Royal répond à mon invitation. En ce 24 janvier, jour de soleil gris et frileux, elle apparaît souriante, sa silhouette mise en valeur par une veste en daim clair.

Pour se rassurer, Ségolène Royal est flanquée d'un riche équipage de collaborateurs, son «staff», dont font partie Delphine Batho et Dominique Bertinotti, qui connaîtront, plus tard, une ascension ou des avatars ministériels. La veille, elle avait fait demander à mes collaborateurs si son coiffeur, dont elle nous priait de prendre en charge les frais, pouvait l'accompagner en salle de maquillage, demande que nous avions rejetée. Comme le veut l'usage, ses proches restent à la porte du studio, buvant quelques cafés en même temps que les paroles de l'invitée sur de petits écrans.

L'interview va bon train. Ségolène Royal ne manque ni d'assurance ni d'esprit de repartie. À quelques minutes de la fin, elle se lance même dans un monologue assez long, relativement technique à propos des dépenses militaires, nous expliquant que le budget de la défense nationale est à prendre en considération, mais que rien n'empêcherait d'envisager un certain nombre d'économies dans le cadre d'une démarche européenne.

Ce monologue dure près de deux minutes de temps d'antenne, ce qui, pour le téléspectateur, peut paraître long. Je décide de la faire revenir au concret et l'interromps:

« On parle d'indépendance nationale. Avons-nous alors besoin d'autant de sous-marins nucléaires lanceurs d'engins (SNLE)[1] ? »

À son regard, je devine un léger trouble. Comme éberluée, Ségolène Royal me fixe, marque un court silence et balbutie quelques mots : « Mais je vous ferais la même réponse... ». Elle ne répond aucunement à ma question. J'enchaîne en répétant cette dernière : « D'ailleurs, on a combien de sous-marins lanceurs d'engins ? » Ségolène Royal baisse la tête, semble réfléchir et lâche un très timide « un »... Je rectifie immédiatement :

« Nous en avons sept !

– Oui, bon, sept », reprend-elle, hochant la tête dans un sourire pâle et crispé, en se passant furtivement la main sur le nez.

Dès lors, le ton est brisé, le rythme se ralentit. Ségolène Royal va chercher ses mots avant de trouver une porte de sortie salutaire avec la dernière question de l'émission sur les parodies ou caricatures dont elle fait l'objet, notamment de la part des « Guignols », sur Canal+. « J'en ai quelques échos, mais j'avoue ne pas avoir le temps de regarder », concède-t-elle avant de se lever et après avoir avalé un verre d'eau.

« Ah ! Vous m'avez piégée ! » sourit-elle à la sortie, encore sur une certaine défensive, et alors que personne dans son entourage ne peut imaginer que le « buzz » est déjà enclenché.

Internet, la fameuse « toile » qui amplifie l'info et l'intox, démultiplie à l'envi la bourde de Ségolène Royal, le revers de l'interview en direct. Une vidéo incitant chacun à écouter celle-ci tourne en boucle. Elle est assortie de ce commentaire : « Peut-on raisonnablement la laisser devenir chef des

1. La France possède six sous-marins nucléaires d'attaque (*Rubis*, *Saphir*, *Casabianca*, *Émeraude*, *Améthyste* et *Perle*), et quatre sous-marins nucléaires lanceurs d'engins (*L'Inflexible*, remplacé par *Le Terrible* en 2010, *Le Triomphant*, *Le Téméraire* et *Le Vigilant*). Ils sont tous à propulsion nucléaire. Seuls les quatre SNLE sont armés de missiles stratégiques dotés d'armes atomiques.

armées ? Peut-on lui confier l'arme atomique ? » Ici et là, on se gausse : « La candidate socialiste est incapable de donner le nombre de sous-marins nucléaires ! »

L'exploitation politique est immédiate. Dans la journée, plusieurs responsables de l'UMP et le numéro deux du FN fustigent l'ignorance de la candidate socialiste. Les deux plus sévères sont Michèle Alliot-Marie et Bruno Gollnisch. La première affirme que Ségolène Royal a « beaucoup de lacunes à combler », tandis que le second, plus rude encore, écrit : « On frémit, son incompétence est abyssale. »

La vidéo est vue des centaines de milliers de fois sur Internet. Ségolène Royal aurait-elle perdu l'élection ce jour-là ? Je ne le crois pas, mais sa candeur et quelques autres « bravitudes » ont renforcé la pugnacité de ses adversaires et, en creux, la stature de son principal concurrent. *Le Nouvel Observateur* s'inquiète. Je lis : « Elle a été interrogée de manière virulente. » Je n'en crois pas mes yeux ! Ma question aurait-elle eu un caractère agressif, mordant, voire violent ? Pour moi, elle devait tout simplement être posée, sans considérer la couleur politique de celle ou de celui qui était face à moi. C'est mon rôle.

Sans différencier le vrai du faux, blogueurs et internautes trop pressés mélangent tout. Si Ségolène Royal s'est lourdement trompée sur le chiffre, moi-même j'ai avancé « sept », alors que la France ne possède que quatre lanceurs d'engins. Je ne serai jamais président de la République ni même responsable politique ! Au passage, je relève cette expression : « responsable politique ». Nous l'employons tous sans réfléchir, comme s'il était acquis qu'un politique était toujours responsable ! Mais nous y reviendrons : beaucoup le sont, d'autres ne sont « que » politiques... Maintenant, soyons précis : la France dispose d'une escadre de dix sous-marins nucléaires, de quatre lanceurs d'engins armés de missiles stratégiques dotés de l'arme atomique et de six sous-marins nucléaires d'attaque.

Trop tard, le mal est fait. Deux heures plus tard, Ségolène Royal me joint au téléphone :

« C'est terrible ! Vous ne vous rendez pas compte du bruit que cela a provoqué... Que pouvons-nous faire ?

– Rien ! »

Sans qu'elle n'ose le formuler, j'interprète son appel comme l'expression du désir de revenir à l'antenne pour ce qui pourrait être une « session de rattrapage ».

Mais l'interview politique n'est pas un jeu télé. On ne revient pas comme ça en deuxième semaine ! Je la sens pourtant très embarrassée, surtout quand, me rappelant une seconde fois et sur un ton un peu culpabilisant, elle en rajoute dans le registre : « Vous ne vous rendez pas compte, vous pourriez me faire perdre l'élection présidentielle ! »

Sous un caractère entier et une personnalité affirmée, Ségolène Royal sait qu'elle n'a pas que des amis, et ce, pas seulement chez ses adversaires politiques, mais aussi au sein de son propre camp.

Avant de raccrocher, j'essaie de me faire rassurant : « Écoutez, la seule chose que je peux vous garantir, c'est que lorsque Nicolas Sarkozy viendra, je lui poserai la même question. » Une manière de rétablir l'équilibre. De ce point de vue, je ne serai pas déçu. L'auditeur non plus.

Quand Nicolas Sarkozy me fait face un mois plus tard, presque jour pour jour (le 26 février), je repose cette même question :

« Combien la France dispose-t-elle de sous-marins nucléaires d'attaque (SNA) ?

– Quatre ! Enfin, cinq ! » répond Nicolas Sarkozy.

Et il ajoute : « Votre question est un peu spécieuse... »

Ce qu'il n'a pas remarqué, c'est que je ne lui avais pas posé tout à fait la même question qu'à sa concurrente. Dans ce cas précis je ne parlais plus de sous-marins lanceurs d'engins mais de sous-marins d'attaque. Je savais que ses communicants avaient préparé leur candidat. Avait-il fait très attention à ma question?

Encore une fois, la Toile flambe, mais peut-être un peu moins que pour la «première» labellisée Ségolène. Les médias reprennent tout de même à l'unisson: «Sarkozy se trompe aussi.» Ma question était-elle spécieuse? Son entourage n'était pas de cet avis lorsque j'avais questionné Ségolène Royal! Nicolas Sarkozy a plus de métier: après ma question, il avait très vite enchaîné en précisant qu'il était capital de connaître ces réponses, car c'est le président qui pourrait appuyer sur le bouton! Évidence politicienne!

Il faut avouer que je n'avais pas moi-même mesuré l'impact de ces questions sous-marines! Elles m'avaient simplement traversé l'esprit en me remémorant un entretien de décembre 2006 avec Jacques Attali, habile et souvent convaincant par l'acuité de ses analyses politiques. Je le revois encore, pendant la page de publicité: nous évoquions les présidentielles à venir. L'air malicieux, la tête légèrement baissée et le regard oblique, Attali avait murmuré: «Je ne suis pas certain que les divers candidats – quelque part tous des novices au poste d'éventuel futur chef d'État – maîtrisent vraiment les prérogatives du président et, surtout, la force de dissuasion nucléaire, rôle éminent de la fonction.» Relevant la tête, il avait alors précisé, dubitatif: «Je ne suis pas sûr, par exemple, qu'ils connaissent le nombre de sous-marins nucléaires lanceurs d'engins ni l'étendue précise de notre force de dissuasion...»

Sa remarque m'avait interpellé. Je l'avais gardée en mémoire. Cette perche tendue n'était sans doute pas tout à fait innocente. L'école de François Mitterrand...

C'est à ce moment-là, au cœur de l'hiver 2007, en constatant l'impact immédiat de ces questions posées sans malice, presque spontanément, et qui méritaient bien d'être soumises aux deux candidats, que naît l'idée de la fameuse question

« concrète ». Son originalité : une interpellation imprévisible, qui met l'interviewé en demeure de répondre précisément, loin des digressions convenues dont les politiques ont le secret.

Comment l'appeler ? A-t-on besoin de la « mettre en scène » ? À quel moment la placer ?

Nous tâchions de répondre à ces questions avec mes équipes quand, en conférence de rédaction, Johann Roques suggéra l'expression suivante : « Question politiquement concrète ». Cette appellation fit mouche... Pas difficile de comprendre qu'elle était l'antidote aux éternelles questions-réponses « politiquement correctes ». Banco !

En février 2007, je prends, en complément de la radio (RMC), l'antenne télévisée de BFM TV. Mon interview politique de 8 h 30 est simultanément diffusée en radio et en télé. Le choc de l'image ajoute au poids de la simple parole. Une question si directe et si inattendue a de quoi déstabiliser l'invité. C'est mon but. Elle est d'autant plus repérée, puis « guettée » par le téléspectateur, que je la fais précéder d'un « jingle ». Redoutée, c'est la dernière question de l'interview. Pour l'invité censé maîtriser ses grands dossiers, cette ultime question conditionne la qualité d'un « happy end ». Ou du contraire.

De surcroît, cette question politiquement concrète fait grimper l'audience. De 150 000 téléspectateurs par quart d'heure, l'audimat télé double en quelques mois seulement.

Voir certains politiques buter sur une interrogation de niveau parfois scolaire réjouit indéniablement internautes et autres blogueurs... Quelques bourdes spectaculaires alimentent même gracieusement de nombreux bêtisiers.

Certaines, moins graves que les mauvaises réponses à la question des sous-marins nucléaires, feront date. Souvenons-nous de Philippe de Villiers, à qui je demande de me citer la capitale de la Slovénie et celle de la Slovaquie (ces pays entrent alors dans l'Union européenne). Il ne sait pas. Je change de sujet :

« Savez-vous ce qu'est un kebab ?

– C'est une chose qui se mange, qui est pour moi exotique et qui n'est pas de culture française. »

Ce jour-là, je réprime un sourire, voire un fou rire, car de Villiers prononce « kebak » au lieu de « kebab », et ce, à plusieurs reprises.

Quant aux exercices d'arithmétique élémentaire, certains, et non des moindres, mériteraient un redoublement ! Ainsi, en janvier 2011, je demande à Olivier Besancenot (Nouveau Parti anticapitaliste) :

« Combien font 9 × 8 ?

– Je suis nul à ça, en plus vous me prenez en direct, vous allez me planter ! »

Une autre fois, j'avais remarqué que le pourfendeur du capitalisme portait des baskets Nike. Je lui en avais fait la remarque à l'antenne en lui demandant si cela n'allait pas à l'encontre de ses idées. « À chaque fois je me fais prendre dans cette émission. La dernière fois, c'était sur les tables de multiplication. On a tous nos petites contradictions. La prochaine fois, je viens en espadrilles ! »

À Didier Migaud, président de la Cour des comptes :

« Vous êtes habitué à compter en milliards, donc je vais vous demander simplement combien font 7 × 9.

– 76 ! répond-il immédiatement.

– En fait, 63... »

En juin 2011, je pose à Luc Chatel, alors ministre de l'Éducation nationale, un problème que tous les élèves d'école primaire ont eu à résoudre : « Dix objets identiques coûtent 22 euros. Combien coûtent 15 de ces objets ? » Luc Chatel réfléchit, me demande de lui répéter la question, et finit par répondre « 16,5 »... La bonne réponse est 33 !

Décontenancé, Luc Chatel me dit : « Mais Jean-Jacques (pourquoi m'appelle-t-il alors par mon prénom ?), vous me sécherez toujours sur une question comme ça. C'est facile, très facile... Vous voyez, ça montre qu'on peut être ministre et se tromper. Et il faut l'assumer. Je l'assume pleinement!»

Les «scores» ne sont pas vraiment meilleurs côté géopolitique. À Rachida Dati, députée européenne et ancienne ministre de la Justice, je demande où siège la Cour de justice européenne. «À La Haye», répond-elle, sûre d'elle. Raté, c'est au Luxembourg.

Plus amusant encore, je demande à Benoît Apparu, alors secrétaire d'État au logement et à l'urbanisme dans le gouvernement François Fillon, qui est secrétaire d'État au commerce extérieur dans le même gouvernement que lui. Il ne sait pas répondre et, tout gêné, avoue «voir son physique», mais ne plus se souvenir de son nom! Je l'aide. Il s'agit d'Anne-Marie Idrac.

L'exercice peut parfois être confondant, comme avec Marine Le Pen, présidente du Front national depuis janvier 2011. Je la reçois juste après son élection. Pendant l'interview, elle insiste sur l'apprentissage de *La Marseillaise*, notamment à l'École nationale d'administration (ENA), où elle estime que chaque élève devrait l'apprendre *in extenso*. Je choisis alors un couplet au hasard («Nos mains seraient enchaînées! Nos fronts sous le joug se ploieraient!») et le lui soumets. Marine Le Pen est bien obligée de reconnaître qu'elle ne connaît pas ce passage-là. «Je vous signale que moi, je n'ai pas appris *La Marseillaise* à l'école, et que je suis extrêmement malheureuse de ça. Bon, elle n'est pas très facile, faut être honnête.»

Anecdotiques, d'autres questions en apparence anodines continuent à faire le sel des échotiers de la Toile, qui est, par son amplification universelle, l'une des rares inventions de l'homme semblant lui échapper.

À Chantal Jouanno, ministre des Sports, je demande combien d'athlètes français pourraient jouer la finale de la

Ligue des champions (de football). « Vous me plantez, là, ce n'est pas gentil... »

À Frédéric Lefebvre, porte-parole de l'UMP et déjà présenté comme futur secrétaire d'État à l'économie numérique, je demande, le 5 janvier 2009, ce qu'est le Web 2.0. Il bafouille : « Euh... C'est tout simplement l'Internet d'aujourd'hui. » Puis il ajoute en hésitant : « Ce sur quoi surfent tous les Français. » Le moins que l'on puisse dire, c'est que c'est vague ! Il est incapable de donner une définition précise ni de parler des réseaux sociaux. L'ignorance du politique a évidemment fait la joie de tous les geeks, et Frédéric Lefebvre n'est jamais entré au gouvernement pour s'occuper du numérique.

Il ne faut pas oublier la question la plus bassement concrète possible, adressée à Christian Estrosi, alors ministre chargé de l'Industrie dans le gouvernement Fillon II. Estrosi venait de passer plusieurs jours à débattre sur la réforme de La Poste. J'ai donc pensé à lui demander le prix d'un timbre, question qui a enclenché un savoureux dialogue :

« Quel est le prix d'un timbre ?

– D'abord, le prix unique du timbre, c'est ce qu'il y a de plus important », répond-il.

Je repose alors ma question :

« Combien coûte-t-il ?

– 52 centimes.

– Vous êtes certain ?

– Non, c'est... Excusez-moi, le prix unique du timbre est fixé par rapport au prix du pli de moins de 50 grammes.

– Combien coûte le timbre que je vais acheter au bureau de tabac ?

– Ça dépend du poids du pli. »

J'insiste lourdement :

« Le timbre... Combien vaut-il ?

– Ça dépend du poids du pli que vous envoyez, le prix dépend de l'importance du poids du pli », me répète-t-il.

Je finis par lui donner le juste prix : 56 centimes. Cet échange est un vrai sketch.

Mais la palme de l'incompétence revient à Nadine Morano, ministre déléguée chargée de l'Apprentissage et de la Formation professionnelle, venue le 5 janvier 2012 pour défendre l'augmentation de la TVA décidée par le gouvernement, la fameuse TVA sociale. « Prenons exemple sur l'Allemagne », me dit-elle. Je saute sur l'occasion et lui demande :

« Quel est le taux de TVA en Allemagne ?

– Trois points de plus que chez nous », affirme-t-elle avec assurance !

En fait, il est à 19 points. Il était à 19,6 points en France en 2012.

Une telle liste prête forcément à sourire. J'oublie le mensonge de Nicolas Sarkozy à propos des cars de CRS censés prévenir une manifestation en préparation devant nos studios. En fait, ils étaient là pour sa propre protection. J'oublie également les clashs avec Marine Le Pen, Jean-François Copé, et tant d'autres.

Je revois certains visages figés, des regards perdus, je me remémore silences et soupirs… Certains, tel Frédéric Lefebvre, ont décidé de ne jamais revenir dans mon studio : « Pas libre, il a un train à prendre », répondaient invariablement ses chargés de communication… Je l'ai même parfois taquiné à l'antenne à ce sujet : « C'est l'heure du train, monsieur le ministre. » Christian Estrosi sortit lui aussi assez fâché du studio. Mais son expérience de grand sportif et sa mentalité lui feront dire, quelques semaines plus tard : « J'aurais dû connaître la réponse… » Fair-play. Quant à Chantal Jouanno, son air dépité m'avait un peu désarmé. En me disant que ce que je faisais n'était « pas gentil », elle se montrait sans défense et, pour tout dire, franchement naturelle et sans effet pour la galerie, ce qui est très rare... Moins beau joueur en privé, Luc Chatel, décontenancé par la question arithmétique réellement posée aux classes de niveau « CM2 », n'a pas hésité à m'adresser de vifs reproches à la sortie, hors caméra, devant ses conseillers désappointés. Il avait « assumé » à l'antenne pour son image, mais n'en pensait pas moins et m'en tenait rigueur.

Néanmoins, la question dont je suis le plus fier ne vient pas de moi, mais d'Anne Nivat, mon épouse. Souvent, la veille d'une interview importante, nous discutons des questions que je vais poser ; elle m'en souffle quelques-unes ou attire mon attention sur un angle, un sujet qui m'avait échappé.

Le 26 février 2007, le fameux jour des sous-marins, je pose à Nicolas Sarkozy une question qui le concerne directement, puisqu'il est alors ministre de l'Intérieur, et donc des Cultes. À cette époque, al-Qaida est tristement au « sommet » de sa gloire en Irak, et le ministre de l'Intérieur répète sans cesse que la menace de cette organisation terroriste est très forte, même en France. Alors, naturellement, je lui demande : « Les terroristes combattants d'al-Qaida sont-ils chiites ou sunnites ? » Nicolas Sarkozy répond, en prenant son temps :

« Monsieur Bourdin, vous savez bien que c'est très compliqué de vous répondre... Al-Qaida, c'est une mouvance, une nébuleuse.

– Non, pas du tout, justement c'est très simple. Je vous repose la question : ces terroristes combattants sont-ils sunnites ou chiites ?

– Je vous réponds qu'il est impossible de répondre. C'est une nébuleuse. Je prends un exemple, le GSPC, les terroristes algériens : on ne peut pas les qualifier, ils ont fait allégeance à al-Qaida et ils sont sunnites. Est-ce qu'on peut les réduire à une appartenance, à une ethnie ? »

Sur le coup, Nicolas Sarkozy ne mesure pas l'énormité des deux erreurs qu'il vient de commettre : d'abord, les terroristes d'al-Qaida sont tous sunnites, ensuite, sunnites et chiites ne sont pas deux ethnies, mais deux branches de l'islam. C'est un peu comme s'il avait affirmé que catholiques et protestants appartenaient à deux ethnies différentes ! Curieusement, les médias français, qui rechignent toujours à entrer en profondeur dans des sujets aussi « dangereux » que la religion musulmane, ont été assez discrets, mais, à l'étranger, aux États-Unis notamment, la question et surtout la réponse ont eu un certain retentissement...

Fatalement, ces questions ont grandement contribué au « buzz » de mon émission. Pas un auditeur croisé au hasard des rues qui ne m'interpellait alors à leur propos : « Et demain, vous avez qui ? Vous lui poserez quelle colle ? » Le « gimmick » contribuait au succès de l'émission, tout en pesant sur le contenu de l'interview, la forme l'emportant finalement sur le fond.

Le piège s'amplifia à mes yeux quand, moi-même invité de plusieurs émissions de télévision à grande audience, je fus soumis au jeu des commentaires sur un défilé d'images montrant, entre deux rires de plateau, des personnalités en mauvaise posture.

Je commençais à être considéré comme un « sniper à la question qui tue », et cela me dérangeait. Les grandes et vraies questions qui inquiètent l'opinion ne peuvent ni ne doivent céder à l'écume de l'anecdote. Oui à l'interview vérité, non au jeu de l'interview qui finit, malgré moi (mais tant pis pour moi, c'est le revers de la médaille), par alimenter le « buzz » médiatique.

Cet emballement n'est sans doute pas étranger au fait que l'animateur Laurent Ruquier, en passe de renouveler l'équipe de chroniqueurs officiant dans « On n'est pas couché », sur

France 2, vienne me chercher jusque dans les Cévennes de mes racines, là où j'aime à me ressourcer.

Nous sommes en mai 2011. Éric Naulleau et Éric Zemmour sont sur le départ. Laurent Ruquier cherche à mettre en place un nouveau tandem, et songe au duo Onfray-Bourdin. L'idée de travailler aux côtés de Michel Onfray, un philosophe à l'indépendance avérée, se situant bien au-delà du simple chroniqueur, me séduit spontanément, mais la saison qui commence est celle de l'élection présidentielle... D'une part, je risque de mettre en péril ma programmation pour RMC et BFM TV, et d'autre part, l'enregistrement de l'émission de Ruquier le jeudi soir (diffusée le samedi) est connu pour être très long. Or, je me lève tous les jours peu après 4 heures du matin pour me rendre au studio et prendre l'antenne.

Finalement, Onfray, pour des raisons personnelles, décline.

Je me sens dès lors beaucoup moins tenté d'être associé, toujours sur une idée de Ruquier, à ma consœur Audrey Pulvar, alors compagne d'Arnaud Montebourg. Audrey Pulvar est étiquetée « à gauche ». Pour lui donner une réplique « équilibrée », Laurent Ruquier va essayer – c'est le jeu – de me « droitiser ». Cette attribution d'un rôle connoté politiquement ne me convient pas. Je ne me veux ni de droite ni de gauche. Cette indépendance d'esprit est ma liberté, je n'y déroge pas. Je fuis toute idéologie. C'est mon assurance-vie professionnelle...

En outre, j'apprends par la productrice, Catherine Barma, qu'il faut se prêter à des pratiques d'applaudissements de circonstance, qu'il faut sourire ou rire aux bons mots des artistes invités, mais également écouter les disques, lire les livres, aller voir les films et assister aux pièces de ces invités. Un emploi du temps absolument incompatible avec la rigueur du mien. Ce qui me gêne le plus, c'est l'impression de me voir dicter une conduite. Je sens mon libre arbitre menacé. Je décline la proposition. Pourtant, je l'avoue, j'aurais aimé travailler avec Laurent Ruquier.

À l'été 2011, je reste à 100 % au micro ou devant les caméras de mes stations de cœur, RMC et BFM TV. Je prends alors une décision importante, une décision risquée, mais conforme à ma réflexion et à mon éthique : stopper la question « politiquement concrète ». Tant pis pour le « buzz » !

2

L'auditeur roi

Je n'en démords pas et n'en démordrai jamais : pour moi, l'auditeur (ou le téléspectateur) est roi. À lui, le droit de savoir. À moi, le devoir de l'éclairer autant que possible.

Comme j'aime à le répéter, chacun doit se cantonner à son rôle : je suis responsable de mes questions, l'invité, de ses réponses. Et c'est l'auditeur qui le juge. Qui nous juge. Ces règles sont claires et sans complaisance. Elles m'ont été imposées par ma longue et riche relation directe avec le public.

Certains souriront si j'évoque un chauffeur de taxi prenant la peine, dans une rue du XIe arrondissement de Paris, de se garer en catastrophe pour m'interpeller avec véhémence, sur un ton impératif : « Monsieur Bourdin, à l'antenne, vous n'allez pas assez loin ! »

« Continuez ! », « Bousculez-les plus encore ! », « Ne les ménagez pas ! », « Ne vous arrêtez pas ! », « On a besoin de vous ! » Je n'entends que ça de la part de mes auditeurs et téléspectateurs.

Enquêteurs d'instituts de sondage tout comme nombre de commentateurs au ton parfois compassé seraient édifiés s'ils m'emboitaient le pas dans la rue. D'abord parce que, face au quidam, à monsieur Tout-le-monde, au citoyen désemparé, il n'est pas possible de s'esquiver. Et je ne me dérobe jamais. Cela donne parfois lieu à des scènes cocasses, notamment dans les gares, où l'attente d'un train est partagée par de nombreux voyageurs, et où je suis fréquemment pris à partie par celles et ceux à qui j'apparais comme un « porte-parole » inespéré.

L'été dernier, à Palavas-les-Flots, alors que je me mettais à table sur la terrasse d'une pizzeria, j'ai vu surgir un vacancier en famille, poings serrés : « Rentrez-leur dedans ! On en a assez ! » Une violence qui, maintenant, s'exprime publiquement devant femme et enfants.

Il est toujours déroutant de lire cette stupéfaction dans le regard de celui qui me harangue, stupéfaction doublée d'une exaspération lancée sur un ton d'une grande agressivité.

Je peux être entouré de trois ou quatre personnes, de ma femme ou d'amis, cela ne freine personne. Comme disent les plus jeunes, « ils ne les calculent pas ».

Ces Français de toutes les régions, de toutes les origines sociales ou ethniques, mes auditeurs et téléspectateurs, sont mus par une unique préoccupation – dettes, famille à nourrir, acquis sociaux, impôts, etc. – et voient en moi un « justicier », même si, là encore, l'expression prête à sourire. C'en est même gênant, car je suis et reste journaliste, mais le public n'en a cure... Ils ont une piètre opinion des politiques et tiennent à le faire savoir. Et malheureusement pour notre profession, ils mettent plus d'un journaliste dans le même sac !

En dehors du direct de la rue, il y a aussi les lettres et désormais les courriels. Je reçois entre 300 et 400 mots par jour !

Parmi les ras-le-bol exprimés, il en est un qui revient en boucle : une aversion pour les expressions jugées toutes faites, telles que « front républicain » ou « pacte républicain », qui donnent l'impression que ce genre de dialectique n'est qu'un joker pour débats trop policés pour être honnêtes, ou, en tout cas, bien éloignés des « vraies » préoccupations du moment.

Dans le courrier du public, souvent véhément, je relève aussi beaucoup de bon sens.

Je me souviens de ce mot insistant sur la contradiction des politiques : « Certains invitent les citoyens à se présenter aux élections quand eux s'accrochent à leurs places d'élus… Comment faire ? Ils nous prennent pour des ânes ! »

Plus subtile, cette remarque d'un auditeur face au train de vie de l'État : « Je ne connais rien en économie, mais mon principe est le suivant : j'essaie de dépenser moins que ce que je gagne. Nos gouvernants n'appliquent pas cette règle élémentaire à la gestion de la France. Pourquoi ? »

Sans cesse sont répétées les mêmes récriminations : « Les gens qui travaillent ont de plus en plus de mal à s'en sortir. » Ou encore : « Les politiques ? On devrait les obliger à partager notre quotidien. » Beaucoup considèrent les élus comme des gens déconnectés de la réalité. C'est parfois injuste, mais l'impression est contagieuse. Elle inspire nombre de suggestions plus ou moins recevables. Ce qui m'a donné une idée. Un auditeur m'avait écrit un jour : « Si vous demandiez à un homme (ou une femme) politique à quoi il pense le matin en se levant, il répondrait à coup sûr : "Je pense aux Français et à leurs problèmes." Franchement, vous y croiriez, vous ? »

J'ai eu envie de tester cette question en direct, avant de renoncer. Sans doute les premiers invités seraient-ils tombés dans le panneau. Mais les suivants, échaudés par l'exemple de leurs prédécesseurs, en auraient vite tiré la leçon et auraient prestement rectifié le tir.

Entre le public et moi, la rencontre ne date pas d'hier.

Vers l'âge de 20 ans, études buissonnières en poche, j'œuvrais comme représentant pour le compte de la petite entreprise de mon père[1]. «Sud Distribution» étendait alors son rayon d'action sur quelques départements chers à mon cœur. On m'avait attribué le Gard, l'Hérault, l'Ardèche, le Vaucluse et la Lozère. De fiers paysages, mais pas faciles à sillonner en voiture l'hiver. Devenu VRP, carte de représentant de commerce en poche, je courais les villages pour y placer chaussures, jeans, mercerie, bonneterie. Après avoir franchi la porte d'un commerçant, je me retrouvais vite à ses côtés dans l'arrière-boutique, où une cafetière fumait à mon intention sur la gazinière. Là, entre deux tasses, naissaient les premières confidences. Le soir, à l'hôtel une ou deux étoiles au confort rustique, les représentants faisaient «table d'hôte». Rien de mieux pour un VRP que de raconter des histoires de VRP.

Plus tard employé d'une grosse entreprise allemande spécialisée dans la vente par correspondance et fraîchement baptisé «inspecteur commercial», ce qui posait son homme (sourire), ma tâche était d'animer le réseau et d'écumer un grand nombre de villes et villages à l'écoute des correspondantes locales rémunérées au pourcentage. L'occasion de toucher concrètement aux «choses de la vie», glaner les confidences les plus banales, parfois les plus sombres: la maladie, les enfants, le mari qui boit... Rarement la vie en rose!

Ce quotidien m'a donné le goût des gens et l'art de l'écoute. C'est à partir de ce moment, pardon pour la citation qui pourrait paraître prétentieuse, que j'ai fait mien le mot de Montaigne: «La parole est moitié à celui qui parle, moitié à celui qui écoute.» C'est devenu ma règle d'or.

Être à l'écoute m'a rendu plus d'un fier service. Un jour où, autour d'une table, les hasards de la vie m'avaient fait

1. *Cf.* Jean-Jacques Bourdin et Anne Nivat, *À l'écoute*, éditions Anne Carrière, 2007.

croiser les pas de Raymond Castans, l'un des patrons emblématiques de Radio Luxembourg (futur RTL), celui-ci s'était livré au pari hasardeux qu'un coureur italien du nom de Franco Bitossi, connu pour son cœur qui battait trop vite – handicap qui, parfois, le forçait à s'arrêter en course ! –, avait été champion du monde[1].

Je l'avais alors contredit, sans malice, avançant plutôt le nom de Vittorio Adorni, champion du monde professionnel de cyclisme en 1968.

« Jeune homme, nous allons devoir vérifier », m'avait lancé Raymond Castans, l'une des personnalités qui m'a ensuite le plus appris dans ce métier de journaliste. Il avait immédiatement appelé le patron des sports de RTL, Guy Kédia, qui, lui aussi, plus tard, me mettra sur la bonne voie. Réponse immédiate du « juge de paix » : « Désolé, patron, vous avez perdu votre pari. C'est bien Adorni. »

Beau joueur, Raymond Castans m'avait félicité : « Je vois que vous connaissez bien le sport... Si un jour une opportunité se présente... »

Dix mois plus tard, parole tenue, Castans m'appelait pour un stage d'été dans la capitale. Je vendis ma voiture et, somme rondelette en poche, m'installai un dimanche soir dans le *Cévenol*, le train de nuit pour Paris.

Je passai sept ans à la rubrique des sports – un septennat ! – de la station de la rue Bayard. Au menu quotidien, du foot, bien sûr : « Ah, Saint-Étienne, Rocheteau – l'Ange vert –, Bastia et sa finale de coupe UEFA ! » ; du cyclisme : « Les années Hinault ! » ; du rugby, ma passion : « Ah, Walter Spanghero, Jo Maso, les Bleus, les All Blacks ! » Une très bonne école de journalisme et le plus beau souvenir de cette période : dans les tribunes de l'Arm's Park de Cardiff, l'ancien stade mythique, j'étais assis entre Walter Spanghero et André

---

1. Franco Bitossi est arrivé deuxième aux championnats du monde disputés à Gap en 1972.

Boniface pour commenter un match opposant le pays de Galles à la France, lorsque des chants gallois s'élevèrent jusqu'aux tribunes. J'essuyai une larme. Témoin de mon émotion, Walter Spanghero me donna une bourrade sur les épaules et dit : « Petit, moi aussi, quand je suis entré la première fois sur le terrain de l'Arm's Park et que j'ai entendu ces chants, j'ai pleuré ! » Aujourd'hui, y penser me redonne des frissons et je ressens encore l'affectueuse paluche de Walter sur mon dos.

Je n'oublierai pas non plus les quarante-cinq jours passés à Moscou lors des Jeux olympiques de 1980. La chambre d'hôtel que nous partagions avec Guy Kédia était quotidiennement fouillée.

Ces jeux ont été marqués par les bras d'honneur du Polonais sauteur à la perche Wladyslaw Kozakiewicz, conspué à chacun de ses sauts par le public du stade Loujniki. Le gouvernement soviétique demanda au Comité international olympique de retirer la médaille d'or du perchiste polonais pour insulte au public. Le gouvernement polonais répondit que le geste de l'athlète n'était que la conséquence d'un spasme musculaire !

C'était aussi – et déjà – un spasme révolutionnaire !

Changement de scène, mais pas d'antenne, à partir de 1982. J'ai alors 33 ans et Raymond Castans m'offre un nouveau pari. Il me demande de prendre en main le journal de 8 heures sur RTL. « Le » 8 heures ! Journal phare de la matinée. Son audience est telle que ma promotion surprise fait grincer les dents de plus d'un baron de l'antenne. Non seulement je passe encore pour un « jeunot », mais en plus je viens du sport, considéré comme un département mineur par les têtes pensantes de la rédaction en chef.

Pour moi, c'est vrai, l'exercice ne fut pas un cadeau, mais un vrai défi. Et cette école du journalisme sportif n'avait pas été inutile pour franchir le pas. Elle m'avait enseigné l'improvisation, la rapidité d'intervention, la bagarre des interviews « à chaud » (vestiaires, lignes d'arrivée), la précision du résultat... Déjà à l'époque, les quatre grandes radios de France (RTL, Europe 1, France Inter, RMC) jouaient des coudes pour le scoop, pour l'audience.

Avec l'aide de la fidèle Émilie, une assistante hors pair, je travaillais les dépêches, bâtissais le plan du journal (un bon 15 à 20 minutes en direct), sélectionnais les titres les plus justes, les plus accrocheurs, et choisissais les lancements... J'étais en conquête de territoires et d'auditeurs, servi à la fois par une expérience de la compétition (le sport) et une indéniable forme d'insouciance, un cadeau du ciel qui m'a toujours préservé du stress.

Les résultats furent rapidement très bons. À tel point que je fus promu au week-end, puis, d'année en année, à la présentation des plus grands rendez-vous : « Le Journal inattendu » le samedi, le 7 heures et le 7 h 30 en semaine, puis le journal de 13 heures, où je pris la succession d'Henri Marque. Ce journal précédait « Les auditeurs ont la parole », un rendez-vous avec le public créé par Anne-Marie Peysson et Alain Krauss, sur une idée puisée aux États-Unis par Élie Vannier.

Nous sommes à l'orée des années 1990. La libre parole n'est pas encore tout à fait à la mode. Mon instinct anticipe et me dit d'aller le plus possible à la rencontre du public. Je veux donner la parole à tout le monde sans esprit de clan ni parti. Bien sûr, le revers de la médaille me revient comme un boomerang. Très vite, les plus contestataires de gauche extrême ou de droite radicale me prennent pour cible. Après avoir reçu quelques « exocets » militants difficiles à éviter, je sens monter la compassion des beaux esprits de la rédaction, tandis que s'allongent les « longues figures » dépitées. On me met en garde, même si les conseils débités sur un ton de reproche masqué tournent au bal des faux-culs. Vite, il faut reprendre la main. Seul.

Dialoguer avec l'auditeur ne s'improvise pas. Il est indispensable de laisser mûrir l'exercice. Il faut apprendre à s'imposer, puis à déjouer l'imposteur qui, sous prétexte de traiter d'une question d'intérêt général, tentera de débiter un discours stéréotypé marginal et provocateur. On me demande souvent : « Sélectionnez-vous les auditeurs ? » La réponse est oui... Car, pour éviter l'anarchie, il y a deux ou trois critères à respecter. En fait, le principe est très simple. Est invité à parler qui veut, mais aussi qui peut. En appelant le standard (le 3216 à RMC aujourd'hui : un numéro surtaxé à 0,34 centime la minute), l'auditeur doit fournir cinq indications à notre opérateur : son prénom, sa profession, son âge, sa région d'appel et un résumé du propos qu'il souhaite exprimer. Rien de plus. Puis le journaliste chargé de superviser la sélection s'assure, avant de rappeler l'intervenant, de la qualité d'expression de ce dernier, de la pertinence du propos et de son lien avec l'actualité. C'est bien la moindre des choses pour servir l'auditeur. Chaque matin, nous dénombrons entre 300 et 2 000 appels. C'est dire si les gens en ont sur le cœur.

Je pratique cet « art de la conversation » depuis plus de vingt ans. Dix ans à RTL, douze ans à RMC. Un art subtil qui répond à la définition dont Georges Nivat, mon beau-père, immense érudit, traducteur (notamment du « monument » russe Alexandre Soljenitsyne) et ancien professeur de littérature russe à l'université de Genève, m'a transmis la règle de fonctionnement : « Ne jamais humilier son contradicteur. » Ce qui m'impose de ne jamais empêcher certains auditeurs de m'attaquer personnellement. L'important, c'est d'avoir l'autorité, la maîtrise, la repartie adéquate et le ton juste. J'ai suffisamment joué aux cartes étant plus jeune pour savoir débusquer le tricheur et le mettre au ban des parties dont il gâche le plaisir. Pour un vrai joueur, perdre ou gagner n'a aucune importance. Ce qui compte, c'est la qualité du jeu.

J'applique le même comportement avec les auditeurs: je privilégie toujours la qualité de l'échange. C'est un plaisir de dialoguer, même avec des adversaires. Il suffit d'installer le respect. Défier un tricheur à l'antenne, le démasquer en direct, c'est aussi une belle victoire. Cela m'est arrivé deux ou trois fois en vingt ans, pas plus. Je n'hésite pas alors à remettre l'imposteur à sa place!

Les règles sont claires: tout peut être dit, à condition de respecter la loi. Je répète souvent ce principe à l'antenne: «Pas de racisme, d'antisémitisme, d'islamophobie, d'homophobie ou d'insultes.» Si l'incident survient, je reprends la libre parole à mon compte pour mieux la rendre aux autres: «Vous êtes sorti du cadre. On arrête.»

Aucun «hors-la-loi» à l'antenne!

Bannir les provocateurs, c'est rendre service au grand public. Je veux des citoyens motivés, livrant du concret et forgeant un état d'esprit d'auditeurs actifs. Où qu'ils soient: en voiture, au bureau, chez eux. Des auditeurs qui partagent le poids de leur expérience et, souvent, de leurs soucis, pour le bien de tous.

Alors, forcément, mon rendez-vous est très critiqué. «Radio Maghreb Couscous», «Radio Marine Compatible», j'entends les deux. On le taxe aussi souvent de «café du Commerce». Lors de la conférence de rentrée 2013 d'Europe 1, l'imitateur Nicolas Canteloup, prétendant parodier avec humour les pensées de son patron, Denis Olivennes, a lâché: «Les auditeurs de RMC sont tous des cons... Pour s'exprimer là-bas, il faut la licence IV.» Humour, peut-être... Je vous laisse juger.

Souvent, la concurrence radio et télé utilise les grands témoins qui ont marqué ma matinale. Un exemple récent: Alain, 56 ans, de Grenoble, a travaillé plus de vingt ans pour un cabinet d'experts-comptables et affiche six années de chômage ! Pour attirer l'attention sur son cas, il s'est lancé dans une longue marche depuis sa ville jusqu'à Paris. Apprenant son odyssée, je l'invite à venir partager la matinale de RMC, de 6 heures à 10 heures.

Ce matin-là, Michel Sapin, ministre de l'Emploi, est mon invité politique. Alain est convié à lui poser une question. Il réfute, entre autres, l'expression de « RSA » (le revenu de solidarité active, ex-RMI), précisant qu'un chômeur comme lui ne perçoit pas un « revenu », mais une « allocation ».

Il faut croire qu'Alain a fait mouche. Le soir même, je le revois sur le plateau du « Grand Journal » de Canal+, invité à poser la même question à… Michel Sapin !

Ce jour-là, Alain personnifiait tout simplement le chômage.

Mais je pourrais aussi citer Nathalie Michaud, cette femme sans emploi qui, devant les caméras de tous les journaux télévisés, à l'été 2013, interpella le président Hollande lors de son déplacement à La Roche-sur-Yon, en Vendée. Ou ce sans-abri de Nantes, qui me raconta ses jours, ses nuits et toutes les autres nuits comme l'aurait psalmodié le génie Audiard. Il possédait un poste de radio à piles, son unique bien et dernier lien avec la société qui, face à sa chienne de vie, avait détourné les yeux. Ce matin-là, chez moi, cet homme avait donné une voix aux sans-abri.

On ne soupçonne pas toujours la force du lien tissé avec l'auditeur. Un soir de 2009, le téléphone sonne à mon domicile. Il est 20 h 30. Le rédacteur en chef du soir à RMC m'alerte : « Un homme est bloqué sur la corniche d'un toit du Xe arrondissement de Paris et veut se suicider. Il refuse de répondre aux pompiers qui tentent de le raisonner. Le commandant va t'appeler. » Une minute plus tard, l'officier est au bout du téléphone portable :

«Notre médecin pompier est à moins d'un mètre du désespéré, mais celui-ci ne veut parler qu'avec vous.» Que faire? Refuser? Le médecin pompier tend son appareil à l'homme. Un dialogue s'engage. Il va me paraître long, alors qu'en fait, il s'est étiré sur une quinzaine de minutes, à peine, entre silences, appréhensions et blessures mi-avouées. L'homme m'apparaît résolu, parle de séparation familiale, de souffrance personnelle: «Je vais me jeter dans le vide.» Je suis à bout d'arguments. Que lui dire de plus? Il lâche: «Je n'ai plus confiance qu'en vous.» Je m'engouffre dans la brèche: «Vous me faites confiance, eh bien, moi aussi, je vous fais confiance. Vous allez vous prendre en main, faire face, pour vos enfants, pour vous-même. Si vous voulez vous confier, exprimer votre désarroi, je vous accueillerai en studio demain matin. Vous avez ma parole...»

Petit à petit, la tension retombe. Je m'entends dire: «Je vous attends demain. Vous serez le bienvenu. Mais je vous en prie, laissez le pompier vous rejoindre. Tendez-lui la main...» L'homme s'exécutera fébrilement, comme rassuré.

Le lendemain, j'attends le rescapé de ce drame humain, bien décidé à honorer ma promesse. Je compose le numéro de son portable. En vain. Entre-temps, j'ai reçu une demande du journal *Le Point*, sans doute renseigné par les pompiers. Je me contente de confirmer les faits, mais ne relate rien de plus.

Moïse, car l'homme s'appelle Moïse, ne se présentera jamais à RMC. Tant mieux: cela signifie sans doute qu'après le «trou noir» de la corniche, il a repris ses esprits.

3

Les politiques, acteurs du débat

Si l'auditeur et le téléspectateur sont rois, comme c'est ma conviction, l'invité n'est qu'un acteur du jeu d'idées dont il est porteur et qui alimente le débat. Il n'est ni un faire-valoir ni un « sparring-partner » sur lequel l'interviewer se fait les poings, mais il est là pour de bonnes raisons. Et il le sait. Chez nous, à RMC, BFM TV et RMC Découverte, aucun metteur en scène pour discuter le décor, l'emplacement et l'orientation des caméras, le nombre et le type de questions à poser. Pas le genre de la maison... Combien de mises en scène, de rendez-vous « à la carte » concoctés par les conseillers et autres « communicants » d'hommes et de femmes politiques !

Pas question d'exagérer l'accueil avec tapis rouge et plantes vertes ni de mettre les petits plats dans les grands. À RMC et à BFM TV, nous ne pratiquons pas le « fishing for compliments », comme aiment à le dire les Anglo-Saxons. Je ne serai jamais en quête de reconnaissance. Souvenons-nous du rôle que François Hollande fit endosser à Claire Chazal pour son interview télé de rentrée dans un salon de Marigny. Selon moi, cet entretien programmé le dimanche des

Journées du patrimoine ressemblait plutôt à une conversation de salon : on y vit le président par deux fois, non sans un zèle certain, remercier ma consœur de l'« avoir invité » sur TF1. Ce genre d'attitude, j'en suis convaincu, sème le doute chez l'auditeur et le téléspectateur. On doit se défier de cette proximité affichée frôlant une apparente complicité, plus ou moins fondée d'ailleurs...

Contrairement à d'autres stations de radio en vue où les personnalités politiques se bousculent pour l'interview de la matinale, vous ne me verrez jamais poser face aux caméras avec les politiques devant la porte de RMC. C'est un accueil trop déférent à mon goût. Je sais que c'est ainsi que nos auditeurs l'interpréteraient. Je ne vais pas non plus les accueillir jusque sur le trottoir ni les recevoir dans mon bureau avant l'« exercice », et encore moins partager un petit-déjeuner après et les raccompagner jusqu'à leur voiture.

Avec l'invité j'entends débattre « à armes égales », expression trop souvent galvaudée. Le terrain n'est pas conquis.

Il est 8 h 35. Le rendez-vous durera entre vingt et vingt-deux minutes, un espace long au vu des standards classiques de la télévision et de la radio. À nous d'être à la hauteur. L'invité(e) et moi.

Autour de nous, invisibles, deux millions de personnes nous écoutent ou nous observent. Ce sont eux qui nous jugent. Personne d'autre.

La rencontre a toujours lieu au rez-de-chaussée de nos locaux, 12, rue d'Oradour-sur-Glane, un nom tristement passé à la postérité depuis la Seconde Guerre mondiale. Nos locaux sont situés de l'autre côté du boulevard périphérique, en extrême lisière du XVe arrondissement de Paris. Cependant, grâce au décor virtuel élaboré par la station, et surtout grâce à une caméra téléguidée depuis la régie, le grand public peut nous croire au pied de l'Arc de Triomphe, où l'on filme le trafic matinal. C'est la seule mise en scène tolérée. Le seul élément virtuel qui reflète la vie quotidienne. En réalité, dans le studio, j'ai sciemment défendu un décor strict et dépouillé, sur fond de rideaux verts, alors qu'à l'antenne, le fond mural derrière nous apparaît rouge et gris. La surface du studio est de 30 m^2, la table qui nous sépare est d'un blanc très neutre. Elle ne dépasse pas un mètre sur un mètre vingt. Il n'y a que deux chaises, de type tabouret réglable à dossier relevé pour épouser le bas des reins. Chaque invité le règle à sa hauteur. C'est son premier exercice imposé. Je ne porte pas d'oreillette pour éviter tout contact avec l'extérieur et toute perturbation intempestive. Deux micros, de style années cinquante, que nous sommes allés chercher en Suisse et qui nous identifient, sont disposés à moins d'un mètre l'un de l'autre. L'interview « Les yeux dans les yeux » – un label dont je suis fier depuis mon interpellation de Jérôme Cahuzac, ministre du Budget, chasseur de fraudeurs du fisc, tout en possédant lui-même un compte secret en Suisse – doit beaucoup à cette mise en scène volontaire.

J'ai voulu que les micros soient proches. J'ai voulu ce face-à-face les yeux dans les yeux. Oui, les yeux dans les yeux... La règle est la même pour tous, qu'ils soient élus de base, chefs de parti ou président de la République. En marquant mon territoire, je leur permets de se livrer à un vaste auditoire. Sans apprêt, telle est la règle du jeu.

Les auditeurs parisiens habitués de l'émission savent que nous sommes là, tout près. Beaucoup d'automobilistes, de chauffeurs-livreurs, de conducteurs de poids lourds branchés sur RMC nous gratifient à cette heure précise d'un petit coup de klaxon quand ils passent sous nos fenêtres, preuve que si connivence il y a, elle est avec le public, et lui seul.

Pour être franc, si je ne suis pas là personnellement pour l'accueillir, l'invité n'est tout de même pas abandonné à lui-même. Il y a un minimum de politesse à respecter et les patrons de la station sont bien dans leur rôle quand, dans le petit salon mitoyen du studio, ils partagent le café et quelques viennoiseries avec la personnalité qui nous rend visite.

Il s'agit d'Alain Weill, le créateur du groupe, de Frank Lanoux, son directeur général, ou d'Hervé Béroud, le patron de l'info de BFM TV. J'ai tout juste le temps de les saluer, débarquant de la première mi-temps de ma matinale télé-radio. Un programme déjà dense qui court depuis 6 heures sur RMC, la radio, et « RMC Découverte », le canal 24 de la TNT. Cette recette de « radio télévisée » est une idée importée d'Amérique par Alain Weill, observateur aiguisé des pratiques anglo-saxonnes. Le ton, l'esprit, le comportement restent « radio », mais tout est filmé. Notre info passe aussi par l'image. De nombreux téléspectateurs qui nous regardent au réveil deviennent ainsi des auditeurs radio quand ils allument le poste de leur voiture... Du coup, ils nous suivent presque sans discontinuer au gré de leurs occupations entre 6 heures et 10 heures du matin, et ce, toute la semaine.

C'est au sortir de ce premier marathon que j'apparais dans l'antichambre du studio de BFM TV. Juste le temps de passer au maquillage pour un « raccord », je serre la main de l'invité, lui fais signe de me suivre quasiment dans le même mouvement et le laisse s'installer. Bien sûr, les conseillers en communication et autres accompagnateurs (parfois nombreux !) restent sur le seuil. Pas question de laisser entrer qui que ce soit d'autre que nous deux, chacun campé devant son micro.

Tout va très vite. Si vite que plus d'une personne se montre surprise quand démarre le générique et apparaissent les mots « Bourdin Direct » à l'écran.

Je suis porté par l'actualité, « chauffé » par les deux heures et demie d'antenne qui ont précédé. Ainsi, je peux tout de suite improviser. En juin 2012, une info sur le cannabis vient de tomber: un jeune addict, malade, est décédé. Le temps de parcourir la dépêche, je décide d'« attaquer » mon invité par cette info toute fraîche. Cela tombe bien: face à moi, Cécile Duflot, ministre du Logement et figure du mouvement Europe Écologie-Les Verts.

À peine installés, je la fixe, me souvenant qu'en tant que militante, elle s'était prononcée franchement en faveur d'une dépénalisation et d'une légalisation du cannabis sous l'égide des autorités, un peu comme l'État gère le commerce du tabac. En tant que membre du gouvernement, son opinion est-elle plus conforme à la ligne de François Hollande? Fraîchement élu, le nouveau président affiche une position différente. Pendant la campagne, François Hollande avait répété son opposition à la dépénalisation du cannabis...

M'appuyant sur le drame du jour, je l'interroge:

« Êtes-vous toujours favorable à la dépénalisation?

– Oui, réplique-t-elle, sans calculer ses effets. Car cela permettra de faire baisser le trafic clandestin. Le cannabis, c'est comme l'alcool et le tabac: nous devons lui appliquer le même régime. »

Réjoui par l'impact de la question, j'enchaîne: « Et en tant que ministre? »

Duflot marque un instant de trouble. Je la sens déstabilisée. Elle se reprend, comme par réflexe: « Je parle en tant qu'Europe Écologie-Les Verts... »

Dès lors, comme si elle était consciente d'avoir répondu trop vite, Cécile Duflot baissera sa garde et « subira » la vingtaine de minutes d'interview sans m'opposer de répliques marquantes.

Rien n'avait été prémédité: l'actualité seule commandait ma question. Je n'étais pas entré dans le fond du problème, je n'avais même pas évoqué qu'un ado sur trois se trouvait confronté au trafic, que les parents restaient désarmés face au phénomène d'accoutumance, que la concentration et la mémoire des consommateurs étaient touchées et que, sur un simple coup de téléphone, les dealers pouvaient mobiliser en quelques minutes des « livreurs à domicile », c'est-à-dire à la porte des lycées. Non, nous n'avions pas même abordé le dossier de fond. Juste un fait d'actualité... La réponse de Cécile Duflot, sans doute non maîtrisée, avait révélé son intime conviction à une heure de grande audience et, par la même occasion, sa différence avec la ligne ès qualités d'un membre du gouvernement. Je savais qu'elle allait faire flamber la Toile des commentaires cinglants de ses opposants. L'après-midi même, Jean-Marc Ayrault, Premier ministre, n'hésita pas à rappeler la règle solidaire : « Ce n'est ni la position du gouvernement ni celle du président de la République... »

La fois suivante où Cécile Duflot s'est installée sur le fameux tabouret, face au micro, elle s'est empressée de me souffler, juste avant le jingle de début d'émission : « J'espère que cette fois, vous ne m'interrogerez pas, à nouveau, sur le cannabis... »

Je suis seul à décider de toutes les questions, ainsi que des sujets à traiter, et je le rappelle parfois à certains invités, qui se laissent aller à me proposer en direct des sujets à aborder. Bien sûr, mes interviews sont préparées la veille, mais je suis prêt à bouleverser l'ordre des questions en fonction des urgences du moment. J'y travaille entre deux et trois heures tous les soirs, toujours entre 18 h 30 et 21 h 30.

Je ne regarde aucun journal télévisé, pas même le sacro-saint 20 heures de TF1 ou de France 2. Si des images chocs s'imposent, n'en soyez pas surpris, je privilégie BFM TV, car je sais comment on pratique la télé « maison » : sans fioritures, avec pour seul point de départ le fait. En revanche, il me paraît important de balayer les sites de tous les journaux ou magazines sur Internet. Là, ça bouge, ça pulse, ça évolue de minute en minute. Bien sûr, il faut trier infos et intox. Mais c'est notre métier de s'y retrouver. Isabelle Joliot, journaliste en charge du rendez-vous « Bourdin Direct », efficace et précise, m'adresse par mail la note m'aidant à préparer mes questions. Je termine ce travail en écrivant – à l'ancienne – au stylo sur une feuille de papier volante, la liste de toutes les questions paraissant s'imposer en fonction de l'actualité et du terrain de compétence de l'invité.

Je m'endors tôt, le canevas de mon interview bien calé en tête. À 4 h 30, mon premier réveil à piles sonne ; un second est prévu cinq minutes plus tard. Douche, rasage, un thé, deux tartines beurrées, et c'est reparti pour un tour. En plus de trente ans de métier, je n'ai eu que deux incidents de réveil : la panique ! D'où l'installation d'un second appareil...

Quand je débarque en studio, j'ai déjà tout en tête. Il ne me reste plus qu'à relire mes notes, profitant des pages de pub. Des notes, il arrive aussi que certains invités en aient à la main. Je me souviens avoir jeté un coup d'œil furtif sur celles de Nathalie Kosciusko-Morizet, qu'elle avait nonchalamment posées sous mon nez. Mais je n'ai pas réussi à les déchiffrer. La proximité physique est propice à ce genre de situations plutôt amusantes et sans conséquence aucune. Un tel face-à-face n'exclut d'ailleurs pas certains gestes qui parlent parfois mieux que des mots. Il arrive que des mains se frôlent. Quand une personnalité « tape en touche », esquive le débat, joue sur les mots en usant et abusant de la langue de bois, je ressens souvent l'envie de l'attraper par le bras pour lui dire : « Allez, bon sang, répondez ! »

Il faut garder son sang-froid pour conduire ce type d'entretiens. La nature m'a doté d'une ferme placidité et d'une bonne mémoire. Ma « force tranquille », si j'ose dire. Bien sûr, il m'arrive parfois d'être en méforme : mauvaise nuit, faible matinale, actualité sans relief, préoccupations personnelles. Bref, il se peut que mon esprit soit moins aiguisé que d'habitude. Si mon invité décèle cette faiblesse, même provisoire, il en profite immédiatement pour tenter d'imposer un discours tout fait ou pour « jouer la montre » en restant passif, ce qui, dans les deux cas, conduit à une interview ratée.

Il faut être très vigilant. J'essaie de rester concentré au maximum. Quand la langue de bois l'emporte sur l'échange, j'ai une parade : je reste silencieux. Volontairement. Rien de tel pour déstabiliser un homme politique trop habilement « coaché » par ses directeurs de communication. Le silence inattendu, voilà la bonne méthode. Imaginez la scène : l'invité débite son discours « sur mesure », sans interruption de ma part. Il tourne en rond et je ne rebondis pas. Rien de tel pour lui faire perdre le fil de ses pensées convenues. Ne pas saisir la balle au bond, c'est en fait le priver de la confrontation. Le rebond, c'est ce qui donne de l'ossature à l'interview. Le silence, c'est ce qui la tue.

Je pourrais même faire mieux : imaginons que j'arrête l'interview au beau milieu d'un échange infructueux. Imaginons un enchaînement de questions sans réponse… Sans vraie réponse. Alors, je me lèverais et partirais. Parfois, je me verrais bien remercier l'invité-figurant qui a oublié d'être acteur de la vie publique…

Mais je n'en suis pas là. Pour l'heure, je dois veiller à rester attentif, dans l'intérêt de l'émission. Si je ne l'étais pas, certains n'hésiteraient pas à « surjouer » leur rôle, profitant de la brèche. Manuel Valls et Jean-François Copé, par exemple, ne sont pas du genre à laisser passer les occasions. Et que dire du bras de fer à arbitrer entre Jean-Luc Mélenchon et Marine Le Pen ? Deux bretteurs de cette catégorie ne se négligent pas… Surtout pas.

Jean-Luc Mélenchon est du genre à durcir le jeu, à toujours « rentrer dedans », à renverser la mêlée. Il est très physique. C'est un puncheur. Joueur de foot, il accumulerait les cartons jaunes, voire quelques rouges, pour provocation(s) verbale(s). Une difficulté supplémentaire réside dans sa propension à se poser en sempiternelle victime, à prétendre que la Terre entière lui en veut, pire encore, à se croire au centre d'un « complot médiatique ». Un peu facile, je trouve... Reste qu'il est ce que nous, journalistes, appelons un « bon client » pour l'interview sans concession. Un jour, à force d'envolées gestuelles qui martelaient son propos j'ai carrément failli, dans l'élan, lui saisir la main ! À la réflexion, chaque invité dévoile quelques traits de son caractère dans le comportement qu'il adopte avant, après et pendant l'interview. Pierre Moscovici ne dit rien, ou presque, avant ; François Fillon parle de tout, Jean-François Copé « teste » son discours ; à peine arrivé, fidèle à sa réputation d'« acteur américain », comme dirait Ségolène Royal, Arnaud Montebourg est déjà en représentation ; Dominique de Villepin arbore une mine toujours pessimiste, François Bayrou s'affiche très sûr de lui... en apparence.

Le rythme. Voilà le secret d'une émission réussie. C'est pourquoi je ne veux plus de pause publicitaire pendant l'interview. Pendant les deux premières années, un long écran de pub cassait mon élan. La pause, telle une mi-temps, permettait à l'invité de se reprendre s'il se sentait mal engagé, ou de tenter d'influencer la seconde partie de l'émission. Cela m'enlevait un peu d'énergie, m'obligeait à me reconcentrer, à me relancer... Tout le monde était perdant. Désormais, l'invité participe à une tranche ininterrompue de près de vingt-cinq minutes de direct ; il est filmé depuis la régie, sans témoins ni conseillers lui permettant de se rattraper aux branches. L'exercice est unique. L'interview gagne à être menée d'un seul souffle. Fatalement, on écope toujours de quelques remarques douces-amères à la sortie : les conseillers n'apprécient guère faire antichambre. Pas facile de leur expliquer. La mauvaise foi est souvent présente, surtout de leur part. J'entends des remarques à la volée : « C'était chaud ! » Ou moins amènes, proches de l'accusation, comme « vous êtes injuste » ou « la question n'avait aucun sens ». Je les entends. Je les écoute même. Mais je me dis toujours que la question incriminée avait sûrement davantage de sens pour l'auditeur !

De temps en temps, certains laissent transparaître leur mauvaise humeur. Au début de l'été 2013, Arnaud Montebourg, ministre du Redressement productif, m'avait reproché de ne pas l'avoir suffisamment interrogé sur le « fabriquons français ». Entre nous, il avait une excuse (cachée). Il venait de boucler son livre à couverture tricolore : *La Bataille du made in France*, paru à la rentrée... D'autres partent (un peu) contrariés. Normalement, nous passons rapidement au démaquillage avant de nous séparer. Nous nous quittons sur une poignée de main et je remonte au studio de RMC, où j'enchaîne jusqu'à 10 heures. Il arrive (rarement) que l'on ne me serre pas la main. La dernière fois, c'était Jean-François Copé, toujours bien préparé, à l'aise dans la confrontation, sûr de lui, même si l'entretien se durcissait en fonction des sujets plus ou moins brûlants – et ces derniers ne manquent pas avec lui. À peine sorti du studio, je le vois repartir de son leste pas de chasseur, entouré de ses collaborateurs. Une question me traverse l'esprit : « Copé, pressé ou fâché ? »

4

Rendez-vous tenus, rendez-vous manqués

Construire un rendez-vous politique n'est jamais une mince affaire. D'abord parce que l'actualité commande, ensuite parce que la concurrence se fait sentir. Normal.

De plus, pas question de céder à la facilité, de se tromper de personnalité à qui offrir le micro, quand l'auditeur et le téléspectateur attendent qu'un débat sans concession leur apporte, au moins, une part de vérité.

En décembre 2012, j'invite Valérie Pécresse, ancienne ministre du Budget et porte-parole du gouvernement Fillon, alors que le duel à « couteaux tirés » entre Jean-François Copé et François Fillon bat son plein, chacun revendiquant la présidence de l'UMP. On s'accuse mutuellement de tricherie, voire d'usurpation de pouvoir. On a dépassé le simple débat acharné pour un leadership pour se rapprocher d'un combat en coulisses aux arbitrages douteux. Bref, pour clarifier la situation, une invitation s'impose.

Valérie Pécresse, plutôt classée proche de Jean-François Copé, s'est étonnamment rangée sous la bannière de l'ancien

Premier ministre de Nicolas Sarkozy. Une femme d'une telle personnalité en première ligne n'est pas le moindre des atouts.

J'avais déjà reçu Valérie Pécresse en sa qualité de ministre. Elle passe plutôt bien à l'oral et à l'écran, malgré une certaine fragilité apparente et un sourire un rien crispé. Valérie Pécresse ne manque pas de répondant, même si je l'ai toujours sentie vaguement stressée lorsque la caméra commençait à tourner.

L'accueillir ce matin-là s'imposait. J'étais content d'apprendre que mon équipe avait su la convaincre de venir. Avec elle, j'avais bien l'intention d'aller au bout de mes questions, les prévoyant plus courtes, plus fermées, donc plus précises, du genre à ne permettre aucune échappatoire. Comme celle posée à la rentrée de septembre 2013 à Henri Guaino, collaborateur de Nicolas Sarkozy pendant cinq années à l'Élysée. Ce n'est pas une digression. J'y pense, car le «cas Fillon» était encore sur la table et semait à nouveau le trouble au sein de l'UMP, depuis ses déclarations interprétées comme un rapprochement virtuel avec les candidats du Front national, en cas de deuxième tour aux municipales… Et je m'entends encore lui dire d'un trait: «Est-ce que vous détestez Fillon?» Guaino encaisse la question comme un direct à l'estomac. Je l'avais posée brutalement, sachant que les deux hommes revendiquaient l'héritage «moral» de Philippe Séguin. Sa réponse, «non, bien sûr», teintée de mensonge, le mit en porte-à-faux sur l'instant, puis il enchaîna, concédant – peut-être, malgré lui – que Fillon s'était «renié»…

Une question «fermée» n'est jamais un piège. Elle permet d'aborder le fond des problèmes, petits ou grands.

Mais revenons à Valérie Pécresse. Mal à l'aise dans cette bataille des chefs qui tournait au ridicule, elle avait quelques raisons de redouter une mise à plat. Mais bon, elle avait souvent laissé entendre qu'elle répondrait présent dans un contexte très tendu. Nous étions là au paroxysme de l'affrontement des deux leaders. Aussi m'étais-je concentré sur son actualité, ayant parcouru tous les sites de la presse pour ne pas passer à côté d'une info ou d'une anecdote révélatrice. L'interroger sur ses choix et même sur l'intimité de ses choix, la mettre face à ses convictions, ses contradictions, revenir à la charge (« Pourquoi ? Comment ? Dites-nous ! ») : tout cela était au menu de mon canevas du soir.

À 22 h 30, je m'endors. Soulagé d'avoir bien bossé.

Le lendemain, réveil tranquille à 4 h 30, comme d'habitude. Quarante minutes plus tard, me voilà à RMC. Paré pour attaquer la matinale. Stupéfaction, une note rédigée par l'équipe du soir m'avertit que Valérie Pécresse a déclaré forfait. J'en suis stupéfié. Choqué. Mais pas « sonné », car il faut réagir. Vite. L'auditeur attend. J'allume mon téléphone portable et découvre une suite d'alertes par SMS et mails. J'apprends que c'est d'ailleurs par SMS que Valérie Pécresse s'est décommandée autour de 00 h 15. Son excuse : « Je suis fatiguée. Je ne me sens pas la force de venir. » Incroyable, mais vrai ! Sur le moment, mon équipe avait hésité à me réveiller. De toute façon, le mal était fait. Ce forfait imprévisible est une grande « première ». C'est en effet la première fois qu'un invité se dérobe dans la nuit. J'y vois un irrespect certain de la part de cette « responsable » politique vis-à-vis du grand public. En direct, à l'antenne, je n'hésite pas : « Mon invitée, annoncée depuis la veille, s'est décommandée sans raison valable... » Tête du professeur Bernard Debré, député UMP, proche de Fillon, lui aussi, réveillé dans la nuit pour remplacer Valérie Pécresse au pied levé, c'est le cas de le dire. Nicolas Grébert, alors mon adjoint direct, avait spontanément pensé à ce médecin au parler franc, rompu aux exigences de l'urgence... Il avait bien fait.

Avais-je eu raison de révéler la vérité à l'antenne ? Faut-il tout dire ? J'y ai pensé plusieurs fois depuis. La réponse est oui. Je le crois et je le dois même au public, aussi ai-je décidé de le rappeler ici.

Il m'est arrivé plusieurs fois de lancer à l'antenne que tel ou tel responsable politique refusait nos invitations. C'est le cas avec Alain Juppé et... François Fillon. Un refus, deux refus, passe encore. Plus, cela devient suspect. L'exprimer publiquement n'est pas une histoire d'ego, il en va de tout autre chose : les auditeurs ont droit au pluralisme. Alors quand les conseillers de presse se transforment en courtisans, quand ils ne transmettent ni ne répondent aux appels et aux SMS, je le dis. J'insiste même. Car il faut provoquer une réaction.

Pour Alain Juppé et François Fillon, cette réaction est venue, et bien venue.

Je revois Alain Juppé dans notre studio, plutôt crispé au début. Depuis, les relations entre notre station et lui se sont assainies. Il en est de même pour François Fillon, aidé dans son acceptation par Laurent Wauquiez et son porte-parole, Jérôme Chartier. Je l'attendais depuis... cinq ans ! Il est revenu... et reviendra !

Établir un rapport de force, ne pas céder un pouce de terrain : voilà comment il est possible de gagner la partie. Aussi Valérie Pécresse pourra-t-elle attendre longtemps son heure de retour. Je ne suis pas rancunier, mais il est anormal et impoli, pour une personne de sa fonction, de se moquer des usages et du monde. L'incident remonte à décembre 2012. Certes, elle m'a adressé (tardivement) des excuses par SMS. Certes, son chargé de presse m'a appelé : « Il serait peut-être bon de se voir. » Là, pas question. Certes, elle m'a téléphoné : notre conversation a été courtoise, sans plus. Je suis resté ferme sur mes positions. Certes, son entourage a essayé de me convaincre de l'inviter à l'occasion de la sortie de son livre, *Voulez-vous vraiment sortir de la crise?*, en septembre 2013. J'ai refusé, car je ne fais pas la promotion des livres politiques. Tout cela ne veut pas dire qu'elle ne reviendra pas. Mais il faut savoir se remettre en question et penser à l'intérêt de l'antenne. Donc du public.

Une seule fois, j'ai cédé à la tentation d'inviter une personnalité politique à l'occasion de la sortie de son livre. Mal m'en a pris.

Arnaud Montebourg a bâti une partie de sa réputation sur l'idée du « fabriquons français ». Sympa, en contrepoint de la crise internationale et des délocalisations parfois incontrôlées... Beaucoup d'auditeurs – et moi-même – sont sensibles à ce concept qui a de quoi faire mouche. En pleine rentrée littéraire, son entourage me sollicite. Je me dis : pourquoi pas ? Je préviens tout de même que je ne suis pas là pour faire de la promotion. Bien entendu, je citerai le livre, *La Bataille du made in France*. Mais je poserai mes questions.

Le rendez-vous est pris pour le 13 septembre (un vendredi 13, je ne sais quel signe y voir...). Tout est planifié, bordé, paré. L'avant-veille, j'apprends qu'Arnaud Montebourg se prêtera à une interview pour le JT de France 2, à 20 heures. C'est la rentrée politique. Sujets riches et délicats abondent : budget 2014, fiscalité écologique, choix industriels pour demain... Un programme dense. La présence du ministre n'est pas incongrue. Ce qui l'est plus, en revanche, c'est qu'il accepte de se rendre sur Europe 1, au micro de Jean-Pierre Elkabbach, le 12 au matin, à 8 h 20 ! Soit la veille de notre rendez-vous ficelé de longue date et déjà annoncé. Elkabbach a bien joué pour sa station. Comment pourrais-je lui en vouloir ? Quant au ministre Montebourg, quel mépris ! Une telle désinvolture à l'égard de nos auditeurs me surprend et m'irrite : Arnaud Montebourg ne nous a pas prévenus.

Il nous coupe l'herbe sous le pied. Sa condescendance ne me paraît pas acceptable. Je saisis mon téléphone portable et lui adresse un SMS pour annuler l'émission du vendredi 13. Le voici *verbatim* :

Bonjour,

Pour mettre un terme à notre rendez-vous manqué, sachez que j'ai été surpris et déçu. Il y a un mois, votre équipe m'appelle et me propose de vous recevoir le vendredi 13, demain donc. Je savais que vous étiez sur France 2 ce soir, mais j'ai appris, hier, que vous aviez accepté Europe 1 ce matin. Stupéfaction ! Votre choix m'oblige à annuler notre rendez-vous de demain et vos éventuelles prochaines venues. J'ai toujours travaillé dans la transparence. Je ne pensais pas que nous pourrions, un jour, rencontrer le moindre problème. Votre absence sur RMC et BFM TV le matin ne sera préjudiciable ni pour vous ni pour nous.

Merci de m'avoir lu.

La réponse tombe une heure plus tard. Je lis sur l'écran de mon portable :

Mon cher Jean-Jacques,

Rien de décisif ne s'est dit sur Europe 1, vous le savez. J'ai tout à dire chez vous. Et l'on peut faire, demain, une magnifique émission. Vos concours de muscles entre radios sont aussi infantiles que les guerres d'ego en politique. Quant aux mesures de rétorsion que vous m'infligez, elles sont cruelles mais remédiables. J'irai donc chez vos concurrents, à contrecœur, car je voulais vous dire à vous et à personne d'autre beaucoup de choses.

Amitiés fidèles.

Je suis interloqué. Je lis et relis : « Rien de décisif ne s'est dit sur Europe 1... » Sympa pour les auditeurs de cette station ! « Je voulais vous dire à vous et à personne d'autre... » Il me prend pour un naïf ! « Amitiés fidèles. » Amitiés en quoi ? Fidèle, de quoi ? Nous sommes en pleine « Absurdie »... Je n'ai ni amitié ni inimitié à l'égard ou à l'encontre d'Arnaud Montebourg. Simplement des relations professionnelles.

Je réplique :

Ce ne sont pas des concours de muscles entre radios qui me font réagir et vous le savez bien. Bien à vous.

Du tac au tac, il poursuit, reportant la responsabilité sur autrui :

Si mon équipe a fauté, j'en suis vraiment désolé. Et sincèrement, car j'en suis autant victime que vous. Maintenez votre invitation. Ce sera bien. Bien à vous.

Montebourg me connaît mal. En m'appâtant avec je ne sais quelle promesse exclusive, il en rajoute dans la désinvolture, du moins c'est mon sentiment sur l'instant. Il me donnerait presque l'impression de me conseiller vivement, sinon de m'ordonner, de maintenir mon invitation.

La parade est à portée de texto. Je conclus dans la brièveté :

J'ai pris un autre engagement. Ce serait très incorrect de le décommander.

De fait, j'ai choisi d'inviter Pierre Laurent, le patron du Parti communiste français, longtemps éclipsé médiatiquement par Jean-Luc Mélenchon, au nom du Parti de gauche. À la veille de la fête de l'Huma, le choix est indiscutable.

Si je choisis aujourd'hui de livrer par écrit cet échange, c'est parce qu'il n'a rien d'une conversation privée, mais doit tout à l'intérêt public. Il illustre parfaitement les difficultés rencontrées pour honorer le rendez-vous quotidien, 300 jours par an, entre la personnalité politique et le grand public.

De même, pour que tout se passe au mieux, il convient de respecter la frontière qui sépare le journaliste de l'homme ou de la femme politique. Il faut savoir résister aux demandes, aux injonctions, aux tentatives de pression, nombreuses et quasi permanentes. Mon erreur avec Arnaud Montebourg a été d'avoir accepté une demande de son entourage, sans imaginer qu'elle serait dupliquée ailleurs... J'ai fait cette erreur une fois. Je ne la referai plus. De même le ministre plutôt chouchou des médias s'imaginait-il qu'en me flattant (« Mon cher Jean-Jacques », « J'ai tout à dire chez vous », « à vous et à personne d'autre», «Amitiés fidèles»...), je céderais à son opération charme. Faux calcul. Je n'ai rien lâché, bien sûr, ni par vanité ni par amour-propre, mais pour que tout reste clair entre nous, pour que le rapport entre les deux intervenants, l'interviewé et l'intervieweur, demeure non biaisé, honnête et authentique. Il n'est pas là question de «morale», mais d'efficacité. Ce comportement est indispensable pour rendre à l'auditeur une copie propre, surtout en ces temps d'incertitude, où la crédibilité journalistique est de plus en plus contestée. Parfois à juste titre, hélas...

Forcément, mon équipe doit partager ces exigences. Je ne recrute pas mes collaborateurs sur la valeur d'un diplôme ou la distinction de telle ou telle école de journalisme. Mon critère, c'est avant tout l'état d'esprit. Être positif et détaché des connivences. Déontologiquement libre. Quand je passe en revue les membres qui composent cette équipe, je constate que nos caractères diffèrent. Nous sommes de générations différentes, mais nous sommes complémentaires: Marie Régnier, Charles Magnien et Matthieu Belliard sont à l'antenne dès 4 h 30 et à partir de 6 heures à mes côtés, et ce, jusqu'à 10 heures. Anne Bingler, la productrice, est l'âme de cette matinale diffusée sur RMC et RMC Découverte. Isabelle Joliot a la responsabilité de trouver l'invité qui s'impose et de préparer la note à son sujet, note qui me servira de point d'appui pour l'interview. Tom Galtat, quant à lui, débusque les meilleurs acteurs de l'actualité, et ils sont nombreux! Enfin, Nicolas Grébert, qui fut longtemps mon adjoint, œuvre aujourd'hui comme directeur de la rédaction. J'aime la promotion interne: valoriser celles et ceux qui travaillent avec moi, pour le bien des émissions, est une préoccupation constante.

En plus de dix ans, je n'ai connu qu'un seul échec. Il s'appelle Jean-François Achilli, un homme charmant, dont j'ai découvert, un peu tard, qu'il n'adhérait pas aux mêmes valeurs que nous. Ce n'est pas grave. Son passage ne vaudrait même pas la peine d'être mentionné si, au printemps 2013, une petite polémique habilement exploitée sur le Net n'avait pas cherché à me faire endosser la responsabilité de son départ. Mauvais procès.

J'avais personnellement recruté Jean-François Achilli quelques mois auparavant. En tant qu'auditeur de Radio France, je connaissais ses chroniques sur France Inter, écoutées entre deux émissions de France Culture et de France Musique.

J'avais appris qu'il voulait quitter le service public (il y est retourné depuis). Aussi l'avais-je présenté à Frank Lanoux, le directeur général. Nous cherchions alors un successeur à Christophe Jakubyszyn, qui venait d'être recruté par TF1. Le courant semblait bien passer entre nous. Jean-François Achilli s'était montré sous son meilleur jour pour être choisi.

Il est donc en poste, patron de la rédaction et chroniqueur tous les matins à 7 h 20 dans « Bourdin & Co », au printemps 2013, quand l'« affaire Cahuzac » et son fameux mensonge agitent toutes les rédactions. À la suite du scandale de ce mensonge « les yeux dans les yeux », Cahuzac est devenu une sorte de paria du monde politique. Il a besoin de s'exprimer dans les médias pour offrir « sa » version de l'histoire, se « confesser » et redorer son blason. En cela il est conseillé par ses avocats et une poignée de communicants. Leur choix s'arrête sur Jean-François Achilli, ami proche de l'un de ces spécialistes de la communication. Jusque-là, rien à dire. Au contraire, il est bon pour notre groupe que ce scoop se déroule chez nous.

Ce qui est plus discutable, c'est le lieu de l'interview. Hors RMC, hors BFM TV. Dans un endroit tenu « secret ». C'est la première fois que nous ne jouons pas sur notre terrain. Pourquoi ? Le jour de l'enregistrement mystère, Jean-François et moi sommes en studio pour sa chronique, mais il ne m'en dit pas un mot. Plus tard, après avoir appris qu'il avait réalisé ce scoop, je m'entends encore le féliciter au téléphone d'avoir décroché Jérôme Cahuzac que, personnellement, je n'avais pas sollicité. Je lui propose même de prendre ma place le lendemain à 8 h 35 et de la diffuser sur BFM. « L'interview n'en aura que plus de force. » Je reste sidéré par sa réponse. D'une voix candide, sur un ton rendu moins agréable par sa gêne, il me dit :

« C'est impossible. Tu sais, Jérôme Cahuzac est dans un grand état de fragilité psychologique. D'où le choix d'une interview enregistrée ailleurs. Et d'ailleurs, ses communicants souhaitent qu'elle soit diffusée non pas le matin, mais à 18 heures, à la fois sur RMC et BFM TV. »

Je n'en reviens pas. Pour la première fois, un collaborateur de la station prend nos règles éthiques à contre-pied. Je réalise l'incongruité de la situation : à 18 heures, la radio RMC est au cœur de son segment sport, avec son public bien particulier, ses supporters, ses accros, etc. C'est le moment de Luis Fernandez, ancien joueur et entraîneur de foot au parler vrai, de Vincent Moscato, l'inimitable « poète » du rugby aux accents de rocaille. Que viendrait faire le politique-menteur Jérôme Cahuzac dans la mêlée ?

Et puis, je comprends. Les communicants de Jérôme Cahuzac n'ont qu'une idée en tête : libérer la parole du « banni » pour cibler les reprises du JT de 20 heures sur TF1 et France 2. Mauvais calcul : ils les auraient de toute façon obtenues avec une diffusion le matin. Et, pour nous, les retombées auraient été supérieures. Ils ont trouvé Jean-François Achilli pour faire passer leur message. Ils savaient qu'avec lui ils ne feraient face à aucune résistance.

Cet après-midi-là, ma sieste quotidienne est forcément agitée. J'ai Alain Weill, PDG du groupe, au téléphone. Nous sommes tous deux stupéfaits par la tournure que prennent les événements, qui sont contraires à nos règles journalistiques. Le scoop est une chose – j'en avais d'ailleurs spontanément félicité Jean-François –, la méthode, elle, est inacceptable et légitime ma colère. Pour la première fois, nous nous sommes laissé fixer le lieu, les conditions et même l'horaire d'une interview sans condition avec, en guise d'argument de poids, la « fragilité » de l'interviewé !

Confondre de façon éhontée journalisme et communication est contraire à tout ce que je prône depuis des années. Ne jamais céder, ne jamais subir. Je m'en ouvre franchement à Jean-François Achilli, avec d'autant plus de dépit que je l'avais choisi moi-même. Terrible erreur de casting !

Après son départ – qui se serait produit malgré cette « trahison » –, j'ai mesuré avec quelle légèreté ce non-événement avait été exploité. On a même affirmé, ici et là, souvent anonymement, que j'étais « jaloux » de son scoop.

La belle affaire !

5

La connivence, maladie infantile du journalisme

Drôle de rentrée que celle du président François Hollande, le 15 septembre 2013. Comme beaucoup de Français, je suis à mon domicile quand sonne l'heure du journal télévisé. Je regarde peu la télévision, y compris les JT, je l'ai déjà dit, mais, ce soir-là, conscience professionnelle oblige, je suis au rendez-vous que le président de la République a fixé aux citoyens. Je dis bien « fixé ».

Tailleur gris, talons aiguilles, brushing savamment naturel mettant en valeur son visage encore hâlé, Claire Chazal, la star de TF1, est tout en délicatesse face au président, plutôt bien mis dans son costume griffé Smuggler. La fabrique de vêtements du créateur est installée aux portes de Limoges. Pour François Hollande, c'est presque la Corrèze... Pour la maison Smuggler et son président Gilles Attaf, qui s'est toujours battu pour fabriquer français, c'est une consécration.

En cette rentrée, les Français attendent beaucoup de cette intervention télévisée. Les sujets sont nombreux : chômage, budget de l'État, fiscalité – nous sommes au soir du versement du premier tiers provisionnel avec le million de nouveaux contribuables –, négociations musclées autour du sort de la Syrie.

Un élément se démarque : le décor n'est pas en phase avec le style annoncé, que dis-je martelé, d'une présidence « normale », comme si ce vœu pieux s'était déjà évanoui.

L'interview se déroule dans l'un des salons de l'hôtel Marigny, une résidence de la présidence à quelques encablures de l'Élysée, un débordement de luxe et de dorures, avec pour témoin muet, mais non dissimulé, le précieux globe terrestre que François Mitterrand aimait à placer dans la mire des cadreurs, ajoutant ainsi une note qui personnifiait sa domination subtile sur le monde.

Très vite, il m'apparaît que nous avons droit à une interview de révérence, plutôt que de référence. L'Élysée a choisi la chaîne, l'endroit et le jour de l'entretien. Quant au président, ses remerciements appuyés à Claire Chazal pour avoir « accepté » cet entretien signent d'emblée la tonalité de la conversation à venir.

C'est une interview désolante. Déçu, frustré, je ne résiste pas à la tentation de lancer ce commentaire sur Twitter, média d'une redoutable réactivité : « Une aimable conversation de salon. » Inutile de dire que, parmi mes 260 000 « followers » – que je traduis par « fidèles au poste » plutôt que par « suiveurs » –, nombreux sont ceux qui s'empressent de relayer, voire d'amplifier, mes mots. Même Isabelle Balkany (son mari n'est pourtant pas un supporter de mes directs, loin de là) écrit : « Exceptionnellement, je suis OK avec M. Bourdin. » Cela me fait sourire... Le lendemain matin, à l'antenne de RMC, à 8 h 20, je savoure la chronique « Parti pris » signée Hervé Gattegno, un journaliste « pointu » comme on les aime : « L'humeur, hier soir, dans ce faste monarchique, était moins à l'abolition qu'à la Restauration », relève-t-il...

Voilà ce que l'on pouvait dire sur la forme. Maintenant, passons au fond. Ils n'ont été « que » 8 millions à entendre le président esquisser une réponse à la furtive promesse faite un an plus tôt d'« inverser la courbe du chômage en un an ». Promesse qui avait été tenue devant la même Claire Chazal. En réalité, non seulement la courbe du chômage ne s'est pas inversée en un an, mais ce qui est devenu l'interview de référence, donc, a perdu un million de téléspectateurs en chemin ! La courbe, cette fois, a nettement fléchi. Amer résultat pour la « Soirée du patrimoine » du président...

On ne peut pas vraiment en vouloir à Claire Chazal de tenir le rôle inconfortable de l'aimable faire-valoir. Cette attitude doit beaucoup à la maison qui l'emploie depuis tant d'années : TF1, une chaîne de télévision grand public qui fonctionne dans un environnement dépendant d'un grand capitaine d'industrie, Martin Bouygues, qui s'appuie sur l'État pour conquérir certains marchés. « Vraiment inadmissibles ces entreprises inféodées ! » avait grondé à maintes reprises François Bayrou, lors de la campagne présidentielle... À la réflexion, j'avoue que l'amabilité de TF1 envers l'Élysée, depuis quelques mois, a de quoi laisser songeur.

Je n'ai jamais pensé devoir interviewer le président de la République sur son terrain : ni à l'Élysée ni *a fortiori* sous les lambris de Marigny. Comme évoqué à l'occasion de l'incident Cahuzac-Achilli, les lieux, en matière d'image, comptent, parce qu'ils sont l'objet de mises en scène. Que ce soit à l'époque du quinquennat de Nicolas Sarkozy, ou maintenant, sous celui de François Hollande, l'intervieweur n'est jamais sur le même pied d'égalité que le premier des citoyens français. Quand celui-ci trône généralement derrière son bureau, le journaliste est cantonné dans un fauteuil. Aussi confortable que soit ce siège, la distance et la mise en scène créent inévitablement un état d'assujettissement. On a la sensation que le président condescend à répondre aux questions de l'intrus.

Participer à une interview « collective » n'est pas l'idéal non plus. Là aussi, le choix des journalistes est décidé à l'Élysée. Tout est orchestré au millimètre près par les collaborateurs du président qui se piquent de communication : combien de caméras, de témoins à proximité, de questions et de thèmes à débattre en lever de rideau, le meilleur plan de profil, etc.

De plus, qu'on le veuille ou non, l'émulation entre confrères et la concurrence faussent le jeu. La rivalité entre représentants de chaînes concurrentes n'est jamais absente des arrière-pensées des uns et des autres. Pour l'interviewé, c'est du pain béni. Il aura toujours la possibilité de privilégier l'interlocuteur le moins pugnace. S'il décèle une faiblesse apparente, même fugace, chez l'un ou l'autre, il en profitera pour lui faire baisser sa garde et gonfler logiquement son alter ego.

Enfin, dans le cas où une question l'indisposerait, il aurait tout loisir de la « zapper », quitte à faire semblant d'y revenir en esquissant une réponse inaboutie. Il lui serait alors facile de faire un mouvement de tête et de solliciter d'un petit mot, voire d'un regard, un autre interlocuteur, qui s'en trouverait flatté.

Ainsi, au lieu de rebondir sur la question « qui fâche » – et qui est d'intérêt général –, l'interviewé trouve sans problème une échappatoire. Difficile pour le journaliste ignoré de revenir à la charge. Voilà pourquoi je ne suis pas favorable à la pratique de l'interview à plusieurs. C'est un procédé antiproductif et le public n'est pas dupe.

En revanche, je défends la conférence de presse, avec les inconvénients que nous lui connaissons : parmi les dix mains qui se lèvent pour interpeller le président, celui-ci choisira *de visu*, spontanément, la personne qu'il identifie comme la moins problématique ou la plus policée. Mais l'exercice est un poil plus naturel. Encore que...

Souvent, la personnalité de premier plan est cornaquée par son « communicant ». Le mot est lâché ! Autour des leaders politiques rôde en effet un aréopage de stratèges ès communications. L'agence Euro RSCG, qui, depuis septembre 2012, s'appelle Havas Worldwide, en est la principale pourvoyeuse. Mais il y en a d'autres. Leur but : manipuler leurs clients, les journalistes et l'opinion. Leur jeu est perfide : il consiste à « appâter » les journalistes » à l'aide d'une technique enfantine. Il suffit de lier connaissance, d'installer une familiarité de bon aloi. Quoi de plus tentant qu'une invitation à déjeuner dans l'un de ces restaurants du VIIe ou VIIIe arrondissement de Paris, sis à quelques pas de l'Assemblée et de nombreux ministères ?

Longtemps, la table où il fallait être s'est tenue au restaurant Chez Edgar, rue Marbeuf, où les amateurs de côte de bœuf ne lésinaient pas sur le coup de fourchette. Si les tentures de ses salons privés avaient eu des oreilles, bien des « secrets » de polichinelles parlementaires s'y seraient écrits à livre ouvert.

Toujours dans le fameux « triangle d'or » du VIIIe arrondissement de Paris, le restaurant Le Pichet, rue Pierre-Charron, a longtemps été le QG de François Mitterrand. Jacques Chirac ne dédaignait pas y savourer sa douzaine d'huîtres bretonnes et Jean-Yves Le Drian, député-maire de Lorient, pas encore ministre de la Défense, y fit sonner les cornemuses du bagad de Lann-Bihoué pour son inauguration ! Michel Charasse, Philippe Martin et Jean Glavany y avaient leur rond de serviette. Jean-Christophe Mitterrand aussi. C'est là encore, devant un bordeaux grand cru, que se déroulèrent les tractations entre Roland Dumas et Frank Ténot, l'un des patrons du groupe Filipacchi, pour décider de la révélation de l'existence de Mazarine Pingeot, fille naturelle du président Mitterrand, alors que les rumeurs les plus folles faisaient la joie des dîners d'initiés de la capitale... Tous les journalistes savaient, mais s'étaient tus... Pourquoi ? Des photos de Mazarine et de son père avaient été prises dans le restaurant Le Divellec (aujourd'hui propriété des frères Costes), à l'angle de la rue Cognacq-Jay et de la place des Invalides, autre table réputée chez nos grands élus.

Restent Marius et Janette, près de l'Alma et, plus proche du Sénat, rive gauche, La Méditerranée, face au théâtre de l'Odéon, dont le loup au fenouil rivalise, dit-on, avec le bar de ligne de chez Le Divellec...

Plus encore que ces mets recherchés, autour de ces tables discrètes dans des salons feutrés on sert surtout un plat qui, lui, ne figure sur aucun menu : le « off »...

Cette spécialité est destinée aux journalistes invités. Les communicants ajoutent leur sauce à ces déjeuners dont le déroulé est savamment composé. Pour que les lecteurs comprennent bien, le « off » est une indiscrétion distillée, non pas pour publication immédiate, mais pour lancer subtilement un message... Marcel Pagnol savait que les secrets étaient faits « pour être murmurés ».

Avec Internet, Facebook et la vogue de Twitter, plus besoin d'oreille complaisante. George Orwell fait le boulot à grande échelle. En avant la symphonie des grosses caisses !

De nombreux politiques m'ont invité à déjeuner, voire à dîner. L'invitation arrive généralement par le biais de leurs communicants. Pour une question de principes, j'ai toujours décliné, parfois avec regret : certaines personnalités, non dépourvues d'humour ou de caractère, auraient mérité d'être écoutées dans un cadre moins professionnel. Mais les conditions dans lesquelles j'exerce au quotidien m'obligent à ne rendre des comptes qu'à mon public et empêchent cette aimable connivence. Ce n'est visiblement pas dans les pratiques communes. En juin 2013, par exemple, je reçois un texto de Jean-François Copé :

Cela me ferait plaisir que nous déjeunions ensemble un de ces jours.

Ma réponse :

Je décline votre aimable invitation, m'étant imposé de ne jamais déjeuner avec un responsable politique.

Il réplique alors en un clin d'œil :

Oups ! Désolé, je l'ignorais.

Copé était en droit d'être étonné : parmi la multitude de journalistes politiques parisiens (et pas seulement), la tendance est plutôt à se précipiter pour accepter.

Aujourd'hui, nombreuses sont les personnalités qui connaissent ma position et la respectent. Ils ont compris qu'il est inutile de me labelliser « journaliste politique », car je suis un journaliste tout court et un interviewer qui tente, avec succès ou non, d'aller au fond des choses. Sans aucune volonté de nourrir « coulisses », « blogs » ou « chroniques » quelconques... Je pose des questions et m'efforce d'obtenir des réponses.

Les politiques aiment à côtoyer les journalistes, et inversement. Une fascination réciproque entre « gens » de pouvoir. Mais qui vampirise l'autre ?

Rama Yade, secrétaire d'État dans les gouvernements Fillon I et II, aujourd'hui vice-présidente du parti radical, rapporte quelques anecdotes édifiantes dans ses *Carnets du pouvoir*[1]. Elle raconte, entre autres, les longs voyages présidentiels avec Nicolas Sarkozy, comme ce vol vers l'Inde. Dans l'avion, le président se trouve à l'avant, dans l'espace qui lui est réservé. Souvent, à l'heure des repas, il invite quelques privilégiés à venir s'asseoir à sa table. Je découvre ici les

1. *Cf.* Rama Yade, *Carnets du pouvoir 2006-2013*, éditions du Moment, septembre 2013.

noms de certains de mes confrères ! Autour du président, « la cour, dixit Rama Yade, est à l'œuvre dans la flatterie, le tout orchestré par Catherine Pégard, ancienne journaliste du *Point* passée à l'Élysée ». « On ne sait pas trop ce qu'elle fait à l'Élysée mais elle est de tous les voyages », écrit encore Rama Yade. Quand une ou un journaliste abandonne son métier, son indépendance, sa liberté, pour se mettre au service des puissants, je suis effaré. Comment peut-on devenir sans vergogne un affidé, ne plus se poser de questions et passer ses journées à « recadrer » ses confrères parce que les critiques ne plaisent pas au maître ? Aujourd'hui, Catherine Pégard préside l'Établissement public du château, musée et domaine national de Versailles, ultime récompense après une trentaine d'années de « gravitation » dans les plus hautes sphères du pouvoir. Lorsque l'ex-journaliste était l'« interlocutrice privilégiée de Nicolas Sarkozy président », elle était chargée de façonner son image auprès des médias, autant dire de les tromper. « J'ai été journaliste à usage particulier du président de la République », raconte l'intéressée avec aplomb. Journaliste ?

Comment s'étonner ensuite que, dans de nombreux sondages, la légitimité et la crédibilité des journalistes soient remises en cause par l'opinion publique ? C'est à cause de comportements comme celui-ci que notre noble métier est décrié, vilipendé, jusqu'à devenir quasiment incompris. Les journalistes ne doivent s'en prendre qu'à eux-mêmes.

Certains de mes confrères n'hésitent pas non plus à demander de menus services en échange d'une interview, d'autres invitent les politiques pour des cérémonies ou des fêtes privées, d'autres encore passent leurs vacances avec eux, et certains fournissent même thèmes et questions précises avant leur interview !

Ma consœur Vanessa Schneider a enquêté sur les conseillers de l'ombre qui arpentent les antichambres des femmes ou hommes politiques. Elle explique quelles sont les armes employées : communication, marketing politique, manipulation et mensonges[1]. Comme dans la série télévisée *Borgen*, influencer l'opinion publique est l'objectif non ouvertement avoué. Patrick Buisson, Stéphane Fouks et d'autres, gonflés d'importance, affirment tout « sentir », des mouvements de société aux mouvements d'opinion. Devenus « fous du roi », ils rassurent, transgressent et excellent à se rendre habilement indispensables contre de fortes rémunérations. Qui paie ? Les contribuables, vous et moi. Nous payons pour être manipulés !

L'une des pires situations vécues en tant que téléspectateur reste, pour moi, l'interview de Dominique Strauss-Kahn, ancien patron du Fonds monétaire international (FMI), à son retour des États-Unis, après l'affaire Nafissatou Diallo (ou affaire du Sofitel de New York).

Les images de DSK venant de subir l'infamante épreuve de l'enfermement préventif à Rikers Island avaient fait le tour du monde. Sur celles-ci, il semblait sortir tout droit de la série télé *NYPD Blue*, qui fait habituellement le sel des deuxièmes parties de soirée sur TF1.

Certains attendaient beaucoup de cette interview faisant office de confession, moi pas. Claire Chazal sera tentée de croire que je m'acharne, ce n'est pas mon intention, mais c'est bien à elle qu'est revenue l'horreur, à défaut d'honneur, de conduire l'interview « arrangée »...

Car tout, absolument tout, sonnait faux dans l'artificielle attitude de colère rentrée et dans les propos millimétrés de DSK. Tout avait été préparé, mâché, préfabriqué par ses avocats flanqués de communicants. Lui-même, d'habitude si à l'aise à l'oral, prononçait mal les propos qu'on lui avait demandé d'apprendre par cœur tellement il avait peur d'en

1. *Cf.* Vanessa Schneider, « Les politiques sous influence », in *M le magazine du Monde* du 5 octobre 2013, p. 45-48.

oublier. Cela sonnait tellement faux que DSK, par cet effet boomerang dont les médias raffolent, devint sa propre victime. Les réactions furent en effet extrêmement désobligeantes et sarcastiques.

On m'a demandé si je connaissais DSK. Oui, et depuis longtemps. Anne, mon épouse, le côtoie depuis qu'elle l'a rencontré en 1997 à Moscou et me l'avait présenté peu après notre rencontre, à l'automne 2004. C'est même l'un des rares hommes politiques que je tutoie, avec Jean-Louis Borloo, rencontré à l'époque où il présidait aux destinées de l'USVA, le club de foot de Valenciennes, la ville dont il devint maire. Je tutoie aussi Hervé Morin, avec qui je partage une affinité pour les courses hippiques.

J'aurais bien sûr aimé faire cette interview – quel journaliste n'aurait pas aimé ? –, mais jamais il ne me serait venu à l'idée d'accepter face à DSK un scénario dicté à l'avance ou de servir de « sparring-partner » de circonstance.

Omniprésents, les communicants ne sont pas toujours bien avisés. Récemment, j'ai souhaité inviter Henri Proglio, le président-directeur-général d'EDF, mais ce dernier n'a jamais daigné franchir le boulevard périphérique pour venir s'asseoir. Voici la réponse de Catherine Gros, sa directrice de communication : « Il viendra un jour prochain. » Et elle ajoute : « Vous savez, on fait un gros effort pour participer à une matinale ! » La colère me prend. Tenir de tels propos : quelle honte, quel mépris ! Catherine Gros, que je ne connais pas, a été élue en 2012 « meilleure directrice de communication » par 170 journalistes. C'est qu'elle doit être bigrement habile ! Après des études de journalisme, elle a un temps travaillé comme journaliste. Ceux qui brûlent ce qu'ils ont adoré sont les plus redoutables ! Comment confondre aussi impunément « journalisme » et « communication » ! Je n'ai pas le moindre respect pour celles et ceux qui, après avoir tardivement réalisé que l'on gagnait bien mieux sa vie dans la communication que dans le journalisme, se sont mis à « servir la soupe », pour employer une expression familière.

Pour moi, les communicants en font trop, et il faut les tenir à distance. À la veille d'un rendez-vous de direct, ils n'hésitent pas à passer un coup de fil à mon équipe, parfois à moi directement (sans grand succès), pour tenter de savoir quels sujets nous allons privilégier. Je ne leur réponds plus, ou alors exceptionnellement, comme ce fut le cas avec Jean-Yves Le Drian, ministre de la Défense, au seuil de l'intervention française au Mali. De guerre lasse, ils se « rabattent » sur mon assistante qui, parfaitement « briefée » et acquise à l'éthique de l'émission, n'a qu'une réponse à leur opposer : « Nous traiterons de l'actualité. »

Parole tenue, nous traitons de l'actualité !

Le matin, quand je passe de mon studio radio à mon studio télé, j'observe, sur un parcours faisant une vingtaine de mètres, la danse des communicants et des chargés de presse regroupés autour de leur mentor. Ils veillent sur lui, le surveillent, lui glissent un mot à l'oreille, lui passent un petit papier. Touchantes attentions... Mais quand la porte de mon studio se ferme, l'heure n'est plus qu'au face-à-face dans sa vérité la plus nue.

Pour moi, le vrai champion de la communication, c'est Manuel Valls, et ce, déjà bien avant qu'il ne devienne ministre. Je le revois encore en train de réajuster le nœud de cravate de François Hollande avant l'entrée de ce dernier en studio. Nous étions en pleine campagne présidentielle 2012. Manuel Valls sortait de la primaire socialiste et s'était mis au service du vainqueur, au nom du parti. Il le cornaquait avec brio. Aujourd'hui, Manuel Valls s'applique à lui-même les mêmes recettes. Il est omniprésent, occupe le terrain et ne laisse rien au hasard.

Comme ses prédécesseurs place Beauvau (Nicolas Sarkozy, Brice Hortefeux, Claude Guéant), Manuel Valls communique en permanence sur le thème de la sécurité. Il maîtrise parfaitement la posture de « bouclier » des Français face à leurs inquiétudes grandissantes et, malheureusement, quotidiennes.

Mais cette posture a son revers : souvent, les ministres de l'Intérieur en font trop. C'est pire lorsque leurs services de communication mobilisent les rédactions en soirée avec un message du type : « Attention, demain matin, nous allons neutraliser un réseau de présumés terroristes islamistes (ou de trafiquants de drogue). » Leur but est toujours de faire venir caméras et micros à leurs côtés... Et les réactions suivent béatement, avec les risques de fuite toujours possibles dans ce genre de communication mal maîtrisée, car non exclusive.

En revanche, personne ne communique sur le fait qu'on laisse nos militaires désarmés (balles à blanc ou armes non chargées) dans les gares et les aéroports, sous couvert de plan Vigipirate. Des patrouilles de paras à béret rouge, de légionnaires à béret vert ou de chasseurs alpins sont chargées de rassurer les citoyens. Quand un incident survient, comme l'attaque d'un militaire isolé à la Défense, on découvre publiquement le leurre.

La communication, c'est aussi cette image parfaitement rodée des membres du gouvernement avançant d'un même pas entre la place Beauvau et le palais de l'Élysée. Cette marche à l'unisson tient lieu de « photo de famille ». Elle est censée souligner le symbole d'une solidarité gouvernementale... Comme si les 200 mètres séparant une cour de l'autre pouvaient, l'espace d'un sourire orchestré, gommer les rictus de coulisse !

La communication, côté média, c'est aussi une manière d'afficher sa puissance et sa déférence. J'illustre cela d'un souvenir : nous sommes en décembre 1994, quelques mois avant l'élection présidentielle. Le candidat Jacques Chirac est alors distancé dans les sondages par Édouard Balladur. Je dirige le « Journal inattendu » de RTL, de 13 à 14 heures, tous les samedis. Ce 31 décembre 1994, jour de fête, l'invité s'appelle Michel Sardou. Le principe est simple : l'invité invite à son tour qui il veut ! La veille, nous travaillons chez lui et appelons ses invités. Il souhaite recevoir Jacques Chirac ! Je joins Claude Chirac, la fille du maire de Paris. En quelques minutes, rendez-vous est pris pour le lendemain.

En ce jour de la Saint-Sylvestre, la capitale est quasi déserte et la station de radio presque vide. À 12 h 45, je vois arriver Jacques Chirac dans mon bureau, souriant, détendu, heureux de ne pas être oublié... Avec Michel Sardou, nous passons tous les trois une heure d'antenne riche en confidences. Cela va sans dire, aucun membre de la direction de RTL n'est présent. Jacques Chirac n'est plus rien dans les sondages : il est arrivé seul, il repartira seul, après avoir pris le temps de partager le café que je lui ai servi.

Quelques mois passent et les sondages s'inversent.

Jacques Chirac devient le favori. Il revient à l'antenne en tant qu'invité principal du service politique. Ce jour-là, tout l'aréopage de la station de la rue Bayard est sur le trottoir pour l'accueillir : misères et grandeurs du pouvoir !

6

Du poids des mots au poids des maux

Déjà douze ans de matinales intenses et de « Bourdin Direct », à cheval sur trois quinquennats, avec pour seule arme mon micro et pour seuls témoins des caméras automatisées.

J'ai assisté au lent crépuscule de Jacques Chirac, puis au zénith de Nicolas Sarkozy, bien loin d'imaginer sa sortie prématurée. C'est aujourd'hui au tour de François Hollande, qui a surgi, comme par défaut, de la pochette-surprise des primaires socialistes.

De mon observatoire privilégié, confronté en permanence à l'action directe, l'occasion m'est donnée de décrypter les différences, mais aussi les étranges similitudes, entre les plus hauts représentants de l'État, tous servis sur le même plateau médiatique à l'opinion publique.

Sans vouloir dresser un journal de bord scrupuleux et sûrement rébarbatif dans ses statistiques, je dispose tout de même de quoi composer un véritable catalogue de « tics » de langage, ainsi que de « TOCS » de communication destinés à éblouir le chaland...

Au tableau d'honneur (si l'on ose dire!) de l'artifice de communication, je place deux citations à égalité. Et leurs auteurs – Nicolas Sarkozy et François Hollande – sur le podium. Pas pour n'importe quel sujet, l'un et l'autre traitant, à la moulinette de la dialectique, d'une préoccupation majeure et récurrente en France: le chômage.

Sarkozy avait fait de la «baisse tendancielle de l'augmentation du chômage» le leitmotiv de son quinquennat. Penchez-vous sur cette drôle de citation: d'abord, on lit «baisse» (ouf!), terme associé au mot «chômage» (on entend «baisse du chômage»), puis l'on remarque à peine «tendance en augmentation». En fait, cela signifie tout le contraire, c'est-à-dire l'ascension quasi inexorable de la privation d'emploi... Une confusion verbale de ce type confine au sortilège. C'est un tour de passe-passe sémantique concocté par l'un de ces conseillers de l'ombre semblables à des contorsionnistes de music-hall tout droit sortis d'un concours de prestidigitation pour public non averti.

Les Français sont loin de ces exercices de style qui s'apparentent à un «bonneteau» d'estrade, à un jeu de rue, voire à un appât pour «gogos», reposant sur la règle non écrite du «à qui perd... perd!»

En relevant sa fameuse «inversion de la courbe du chômage», je place François Hollande à égalité avec Nicolas Sarkozy sur le plan de l'artifice de communication.

Un jour, comme par magie, les nuages noirs de la crise s'éclairciront, sauf à bénéficier d'un contexte économique mondial – venu d'ailleurs –, alors le président aura beau jeu de fanfaronner: «Je vous l'avais bien dit!» Autant élire un astrologue à l'Élysée! Même si François Mitterrand lui-même consultait discrètement Élizabeth Tessier, celle qui lisait dans les étoiles! Cela dit, en octobre 2013, François

Hollande a, quant à lui, remarqué « une décélération de la hausse » ! Mais le niveau du chômage est tellement élevé... Nous préférerions tous une « accélération de la baisse » !

Il est un autre « cliché » véhiculé par les politiques quand ils s'estiment à bout d'arguments. Je pourrais, par exemple, établir le classement général des maillots jaunes du « grand changement »... Les champions de : « Il faut changer le sens de l'histoire. » Le sens et la grande histoire : rien que ça ! Le général de Gaulle, du haut de sa stature, se contentait, en pleine décolonisation – ce qui n'était pas une mince « révolution » –, de « souffler sur le vent de l'histoire ». Du moins c'était son espérance. Mais n'est pas de Gaulle qui veut.

Je passe sur la manie de mettre aujourd'hui le mot « républicain » à toutes les sauces : « ordre républicain », pour ordre public ; « sécurité républicaine », pour « sécurité publique » ; « riposte républicaine » pour lutte démocratique ; « éducation républicaine » pour éducation nationale ; « pacte républicain », etc.

À croire que Marianne est décapitée ! Non, pardon, je confonds avec Marie-Antoinette...

Parmi tous ces mots passe-partout qui sont autant d'échappatoires, il en est un qui me met particulièrement en joie : « arbitrage » ! Comme il a bon dos l'« arbitrage » ! Pour un peu, les politiques garniraient leurs poches de cartons jaunes et de cartons rouges. À moins que ce ne soit l'interviewer qui finisse par les brandir pour conclure d'un salutaire « Ça suffit ! Allez, dites-nous enfin la vérité. » Pour les politiques, ce mot, « arbitrage », équivaut bien à un joker : il leur permet d'esquiver le débat sans répondre. Par exemple :

« Que pensez-vous du projet d'écotaxe ?

– J'attends les arbitrages... »

On retrouve ce joker dans une interview sur deux. Pourquoi, alors, se déplacer devant un micro si la prestation publique ne consiste qu'à se défausser ?

Lorsque mon interlocuteur commence sa réplique par « je vais vous répondre, mais... », puis enchaîne sur une longue tirade explicative ; je me méfie. On devine instantanément qu'il va répondre à la question à laquelle il ne répondra jamais... Il va nous perdre, nous entraîner sur d'autres chemins, nous dévider son écheveau de messages. Et priver l'auditeur d'une réponse.

Exemple d'une question directe suivie d'une réponse « tapée en touche » : « Pourquoi le chômage augmente-t-il ? » On attend un simple « parce que » précédant une explication courte et probante. On obtient, au contraire, une pseudo-démonstration savante, commençant par le traditionnel : « Laissez-moi d'abord vous expliquer... »

Dès les premiers mots, les dés sont pipés. S'ensuit l'inévitable « inventaire » du « mauvais héritage » légué par le « gouvernement précédent qui n'a pas fait ce qu'il aurait dû faire ». Sans oublier les trois sempiternels jalons agrémentant la non-réponse : la « conjoncture », le « contexte », la « crise »... Aucune surprise, alors, lorsque, tranquillement, je repose cette question : « Pourquoi ? » Un mot, c'est tout.

J'obtiens finalement une profession de foi de type électoral : « Notre gouvernement fait tout ce qu'il peut pour que le chômage baisse. » On s'en douterait, du moins l'espère-t-on.

Je reviens à la charge : « Les chiffres sont catastrophiques. Pourquoi ? » Même devant l'évidence, la plupart de mes interlocuteurs se défilent et m'offrent des réponses creuses du genre : « Nous sommes là pour prendre les mesures nécessaires. »

Mon rôle est de recentrer l'invité. Celui-ci devrait répondre : « Oui, c'est vrai, le chômage augmente pour telle et telle raison. Nous sommes responsables et voici ce que nous allons faire... » Simple et clair. Or, c'est tout le contraire ! Mais que sait-il, lui-même, des recettes à appliquer, surtout si le fameux « arbitrage » n'est toujours pas rendu ! À moi, cependant, de forcer sa résistance forgée par l'expérience des joutes d'assemblées (parfois feutrées, la télé n'est pas toujours là pour filmer les joutes parlementaires) ou, de manière plus sophistiquée encore, par l'apprentissage des techniques de l'interview lors d'une formation particulière. D'ailleurs, durant de nombreux entretiens, et en fonction des attitudes et des répliques « formatées » de mon interlocuteur, je décèle la patte d'un « média training ».

D'anciens journalistes ont créé des cabinets de « consulting » (la langue anglaise est plus branchée). J'en connais les ficelles, ayant parfois, au début de ma carrière, servi moi-même de « sparring-partner » à des chefs d'entreprise appelés à se produire dans le théâtre de « séminaires » à mise en scène spectaculaire, sur fond d'écrans géants.

Tout comme moi, j'imagine que mes confrères des stations concurrentes, Jean-Michel Aphatie à RTL, Patrick Cohen sur France Inter ou Jean-Pierre Elkabbach sur Europe 1, voient venir de loin l'invité habilement entraîné.

Pour ceux qui s'intéressent aux coulisses – ils sont nombreux parmi nos auditeurs –, la technique du « média training » mérite une courte explication. Chaque séance (il faut en compter trois ou quatre pour maîtriser cette pratique) dure près de deux heures. On passe rapidement de la théorie à la pratique. Lors de la première session, on travaille le message à faire passer au public, on décèle les pièges de l'interview et on apprend à les éviter. Sont repérés et bannis certains mots jugés « non politiquement corrects ». C'est la raison pour laquelle il n'y a guère d'aspérités dans les discours. Par exemple, un délinquant des cités devient inévitablement un « jeune », quelle que soit son origine sociale ou celle de sa communauté. On n'appelle plus un Noir, un Noir, un Arabe, un Arabe. Bientôt, on ne dira plus un Corse, un Breton, un Basque, ou que sais-je encore !

Quant à moi, je préfère utiliser les prénoms. Leur origine, que ces prénoms trahissent parfois, n'est en rien discriminatoire à mes yeux. Elle ne devrait l'être aux yeux de personne. Certains d'ailleurs, et heureusement, en sont fiers et la revendiquent. Chez les Noirs, de plus en plus de voix s'élèvent contre le subterfuge facile que représente le mot « black », issu de la culture afro-américaine. Sonia Rolland, ancienne Miss France d'origine tutsie (Rwanda), s'en est d'ailleurs fait l'écho dans le monde de l'élégance.

Le « média training » n'est pas seulement une lessiveuse à uniformiser la pensée, à chasser les réflexes, à traquer la repartie malheureuse ou à anesthésier la spontanéité. La pratique consiste aussi – et cela n'est pas négligeable ! – à soigner son apparence. Non seulement il convient d'être « présentable » (vêtements, coiffure, maquillage en fonction du média, donc du public), mais il est également important de maîtriser sa gestuelle.

L'exercice passe par une série d'interviews « à blanc ». L'examinateur, souvent un ancien « routier » des médias, visionne la cassette fraîchement tournée en présence de l'homme politique ou du chef d'entreprise, puis corrige, rectifie et conseille l'élève en formation accélérée. Tout ceci est bien joli, rodé, réfléchi et, dans le fond, inévitable. Mais ma conviction est faite : en matière d'impact, l'interview vérité l'emportera toujours sur le vernis d'un plan média. Le « formatage », aussi réussi soit-il, ne peut résister aux questions directes.

Une preuve récente m'en a été donnée au moment où les Français, au retour des vacances, recevaient leur feuille d'impôts. On le sait, ces derniers ont augmenté. De nouvelles catégories de contribuables, même parmi les citoyens à revenus modestes, ont reçu un rappel à l'ordre fiscal.

Alors, quand un haut fonctionnaire de Bercy campe dans notre studio pour une vingtaine de minutes de mise à contribution, c'est le cas de le dire, il sait que nous savons. Car nous avons tous reçu notre avis d'imposition… Question : « Oui ou non, les impôts augmentent-ils ? » On s'attend à un « oui » franc et massif puisqu'en 2013 ils auront augmenté de 10 milliards. Élémentaire, donc. Pas du tout, on obtient une vague promesse en guise de constat : « L'année 2014 marquera une pause fiscale ! » Ah, la pause fiscale ! Drôle de formule en guise d'aveu… Pierre Moscovici, ministre de l'Économie, s'avoue alors sensible au « ras-le-bol fiscal », tout en gelant l'idée de « pause » annoncée par le président de la République, le 30 août, car « cela dépend de l'état de l'économie »… Cela, il se garde bien de le dire lors d'une interview en face-à-face, mais choisit la conférence de presse, plus diffuse, moins risquée que l'échange direct en questions-réponses instantanées.

Il est vrai que l'effet d'annonce d'une future « pause fiscale » a conduit François Hollande et Jean-Marc Ayrault eux-mêmes à se télescoper. Pas facile de concocter une communication « positive » sur un sujet aussi sensible. En fait, quand un ministre s'applique à déjouer une telle question, c'est souvent qu'il n'est pas en train d'engager l'action espérée. À petite ambition ou petite réforme, petites réponses… Son échiquier est étriqué. Sa vision sans horizon. D'où ces formules creuses et ces phrases stéréotypées inintéressantes.

Intellectuellement, hommes ou femmes politiques se défient du vrai langage.

Jetez sur la table les mots « austérité », « rigueur », « autorité », « taxes », « flexibilité »… Vous les verrez tourner autour de cet étalage embarrassant, se réfugier derrière un « habillage », s'accrocher à un synonyme aseptisé, comme si le mot venant d'être prononcé était d'une vulgarité choquante. Les voir se débattre, c'est comme observer une subtile partie de Mikado, cet ancestral jeu d'adresse et de réflexion : il faut la même habileté qu'avec ces baguettes, sinon, un mot de trop, et tout s'effondre !

Cependant, hommes et femmes politiques ne sont pas les seuls responsables. Plus la société médiatique se développe, plus elle calque ou décalque son propos sur celui du voisin. On n'a jamais bénéficié d'autant de chaînes d'information (les « tubes », la technique), mais combien de ces chaînes développent une authentique personnalité (le message, le contenu) ? Autrement dit, la multiplication de ces « tubes » technologiques n'a pas vraiment mené à davantage de complexité et de nuance dans le message.

J'adore mon métier, mais je n'en ignore pas pour autant la tentation de la contagion du « politiquement correct » contre laquelle je lutte au quotidien. Je maintiens que le manque d'aspérités dans les mots lisse le propos, nivelle le commentaire, et, finalement, atténue la portée du discours.

Sans doute, comme pour le « média training » des grands élèves du Tout-Politique, les écoles de journalisme y sont-elles pour quelque chose. Rien de plus niveleur que de se fondre dans ce que j'appelle l'« information perroquet ». Un même mot, une même reprise à l'unisson répétée en boucle.

Ce suivisme n'est pas nouveau. Déjà, en 1997, l'écrivain Patrick Rambaud, journaliste du très novateur mensuel *Actuel*, auteur de parodies à succès et futur Prix Goncourt, sifflait le « hors-jeu », une forme d'arbitrage plus radicale. Avec son comparse feu Michel-Antoine Burnier, pilier de l'équipe d'*Actuel* et autre grand spécialiste du pastiche, il avait publié

Le Journalisme sans peine[1], un manuel désopilant sur toutes sortes de « tics » et de métaphores boiteuses, anticipant sur le phénomène grandissant de ce qu'ils baptisèrent, de leur plume ironique et acerbe, la « novlangue ».

Ce nouveau langage revisité par la bien-pensance du moment – devenue depuis très contagieuse – a instauré des expressions telles que « technicien de surface » pour balayeur, « artiste capillaire » pour coiffeur, et la célèbre « non-volonté du gouvernement » pour masquer le refus !

Plus question d'appeller un chat un chat, pas même un félin domestique, car dans « domestique » plane une notion d'assujettissement. J'exagère à peine...

Encore plus symptomatique, l'appauvrissement du vocabulaire conduit aujourd'hui à qualifier un chômeur de « demandeur d'emploi ». On « positive » le mot. Mais non, c'est un chômeur ! Je préfère « chercheur d'emploi ». « Demandeur » peut paraître dévalorisant. Ce mot pourrait laisser entendre que, dans une situation dégradée, celui qui n'a plus de statut social attend passivement une sorte de compensation de l'État. Or le chômeur est tout sauf passif !

Dans la même logique, le technocrate qui a lancé l'appellation RSA (« revenu de solidarité active ») réduit, volontairement ou non, l'ambition du « demandeur d'emploi » à celle d'obtenir un vrai revenu.

Un autre mot, et pas des moindres, a disparu de la politique française depuis des années : le mot « nation » !

C'est presque un mot tabou aujourd'hui. Qui parle de « nation » ? Qui ? Jean-François Copé, François Fillon, François

1. *Cf.* Michel-Antoine Burnier et Patrick Rambaud, *Le Journalisme sans peine*, Plon, 1999.

Bayrou, Jean-Louis Borloo, François Hollande, ou même Arnaud Montebourg, le chantre du « made in France » ?

Non ! Ne cherchez pas : la dernière personnalité à clamer son amour de la nation est une star, une vraie, mais une star du sport… Il s'agit de Tony Parker, invité par le journaliste David Pujadas sur le plateau du JT de France 2, au lendemain de la victoire des Bleus au championnat d'Europe. Le plus américain des basketteurs français y avait clamé sa fierté d'avoir gagné pour la « nation ». En voilà un, au moins, qui n'a pas peur des mots !

7

Cahuzac, « les yeux dans les yeux »

Drôle de texto que celui qui m'est adressé par Jérôme Cahuzac, au soir du 24 septembre 2013... Voilà ce que je lis sur mon téléphone portable :

Courson[1] *prétend que j'ai demandé le remboursement de mes frais. C'est faux ! C'est l'administrateur de l'Assemblée qui m'a demandé d'apporter les justificatifs, ce que j'ai fait. Il lui serait facile de produire la lettre le sollicitant. Mais j'ai refusé, à la réflexion, de demander ce remboursement.*

L'ancien ministre du Budget, au cœur du scandale sur ses comptes personnels en Suisse, essaie à tout prix de sauvegarder les apparences et se bat, en dépit de son honneur perdu, pour tenter de s'arroger un ultime « beau rôle ». Quelques jours plus tôt, il a même été jusqu'à m'écrire, comme si une certaine mauvaise conscience commençait à devenir gênante :

C'est peu de dire que j'ai une dette à votre égard que je ne sais comment acquitter.

1. Jérôme Cahuzac fait ici allusion au député de la Marne Charles Amédée de Courson, président de la commission d'enquête de l'Assemblée nationale sur le scandale Cahuzac.

Je réponds :

Venez le dire.

Sans rien ajouter de plus. Comme la totalité des interviewés qui se succèdent à mon micro toute l'année durant, Jérôme Cahuzac n'est pas de mes intimes.

Ministre battant et bretteur acharné du gouvernement de Jean-Marc Ayrault, Jérôme Cahuzac a perdu gros dans la polémique de l'hiver dernier, jusqu'à sa superbe !

Pour l'heure, l'arrogance en berne, à la rentrée il est conduit pour la troisième fois devant la commission d'enquête de l'Assemblée nationale, présidée par Charles Amédée de Courson (UDI). Le député de la Marne ne supporte pas que l'on oublie « Amédée » lorsque l'on cite son nom de famille…

Les principaux accusateurs de Cahuzac, les journalistes d'investigation Edwy Plenel et Fabrice Arfi du site Internet Mediapart, sont également entendus. Ces derniers avaient eu le mérite de lancer la charge à propos des comptes secrets à l'étranger de Jérôme Cahuzac peu avant Noël 2012.

Deux mois durant, Jérôme Cahuzac, ancien boxeur amateur habitué à balancer des crochets du gauche bien sentis à une droite un rien groggy le ménageant au Parlement, s'était transformé en combattant de sa propre défense, arc-bouté sur des certitudes qui se révéleront être de purs mensonges, et notamment lors de mon interview devant les caméras de BFM TV, le 8 février 2013.

Ce jour-là, Jérôme Cahuzac n'adopte pas l'attitude de celui qui se retrouve dans un studio de télévision : il semble être sur un ring.

Je n'ai rien oublié de cette prestation, de son contexte, de l'attitude et du ton très personnel de mon vis-à-vis.

En acceptant l'invitation, Jérôme Cahuzac a choisi sa tactique : l'attaque. L'ancien boxeur devenu politique n'ignore rien de la gestuelle de la frappe. Si ses comptes bancaires à l'étranger sont encore un secret ou, plutôt, un demi-secret pour l'administration française, l'art du « straight punch » (le direct) au corps fait partie de sa culture d'homme et de « bête politique ».

Plusieurs de ses collègues au gouvernement ont déjà essuyé ses crochets, revers et uppercuts, surtout en période d'arbitrages budgétaires. Cécile Duflot, ministre du Logement, en a même gardé de la rancœur, et Aurélie Filippetti, ministre de la Culture, quelques bleus à l'âme. Arnaud Montebourg (ministre du Redressement productif) lui avait disputé, en vain, le plus beau bureau de Bercy avec vue imprenable sur la Seine. Même le placide Pierre Moscovici (ministre de l'Économie et des Finances) avait dû jouer de l'esquive pour trouver une juste place à ses côtés.

Costume et cravate bleu marine, le cou bien pris et l'allure toujours altière, Jérôme Cahuzac a la poignée de main ferme et le regard droit. Ce matin-là, il porte encore beau. Rompu à l'exercice d'une implacable défense qui a pour vertu l'attaque à tout va, il se campe dans une posture qui veut imposer le ton et la forme de son « invincibilité ». Cahuzac se rêverait hors d'atteinte. Dès ma première question, je le sens prêt à sortir de ses gonds. Il martèle sa conviction comme une musiquette aux intonations martiales.

J'ai quasiment vécu cette interview comme sur un ring. L'issue de ce combat, qui, sur le moment, m'a semblé déroutante, n'a pourtant pas transformé Jérôme Cahuzac en vainqueur, tant s'en faut, même si, moulinant sa parole et décochant sans cesse de nouveaux coups, il en est sorti, pour la galerie tout du moins, avec un avantage aux points. J'ai compté six minutes intenses pendant lesquelles les échanges les plus solides ont pu faire mouche. Je ne résiste pas à la tentation de vous en livrer le mot à mot, « brut de décryptage », pour en restituer l'atmosphère lourde et chargée. À savourer sans modération et à retrouver avec l'image et le son sur YouTube et autres « podcasts », dont les archives de BFM TV.

Comme s'il mordait son micro (à l'Assemblée, on l'a souvent vu l'empoigner à deux mains), Jérôme Cahuzac attaque d'abord sur un mode didactique, ferme et froid :

« La France, dans le cadre de l'entraide administrative, a demandé à la Suisse de l'aider à obtenir des réponses de la banque dans laquelle...

– UBS. »

Il enchaîne, sans réagir au nom de la banque helvétique :

« Je suis accusé d'avoir détenu ou de détenir un compte. Dans le cadre de cette entraide, la banque a accepté de répondre à l'État suisse, qui a transmis à l'administration française...

– Quand ?

– La semaine dernière, je pense... Quand je dis "je pense", c'est bien pour préciser que JE (il appuie sur ce mot) n'ai pas reçu cette réponse. JE n'ai pas vu cette réponse. Mais...

– Vos avocats ont vu la réponse ? »

Lui, index accusateur dressé : « Mais parce que le droit le commande. Mes avocats ont été informés par l'État suisse que TOUTES (il insiste sur ce mot) les réponses ont été apportées à TOUTES les questions posées par la France. »

Quarante secondes à peine, et Jérôme Cahuzac a déjà décoché deux frappes : « JE » et « TOUTES » installent un climat de sincérité en apparence indiscutable qui, à ses yeux, doit lui donner l'avantage sur une opinion publique en attente de possibles concessions verbales, à défaut d'aveux, encore prématurés.

Je reprends la main :

« Vos avocats ne vous ont pas dit quelles étaient les réponses de la Suisse ?

– Pour une raison assez simple. Mes avocats doivent être informés qu'une réponse est apportée, mais la nature de cette réponse n'a pas à être portée à leur connaissance. »

Il me fixe tout en poursuivant :

« Pour autant Jean-Jacques Bourdin, MOI (il appuie sur ce mot), je connais la vérité. Je n'ai donc AUCUN doute sur la nature des réponses apportées. »

J'interviens, hochant la tête :

« Oui, vous la connaissez. Mediapart dit le contraire, mais le grand public ne la connaîtra jamais... Jérôme Cahuzac (j'ai marqué une seconde de silence volontaire avant de citer son nom) ?

– J'espère... J'espère qu'après cette émission, à défaut de la connaître, le grand public la devinera avec suffisamment de force pour en faire une conviction, car cette réponse, les autorités françaises la connaissent... »

À mon tour doigt pointé, je m'exclame : « Mais elle est couverte par le secret fiscal, Jérôme Cahuzac ! »

Cette pique ne l'atteint pas. Il renforce sa défense :

« C'est précisément parce que la vérité est couverte par le secret fiscal que personne ne peut en parler publiquement, mais les autorités françaises la connaissent et la justice la connaît. »

En une minute quarante-cinq, montre en main, Jérôme Cahuzac a transformé notre échange en une démonstration implacable.

À ce stade de l'échange, plutôt sans fioritures, le téléspectateur a tout pour être convaincu. Toutes les réponses, tous les sous-entendus sont répétés pour donner la conviction qu'il est innocent. À l'écran, face au téléspectateur, l'homme qui, en raison de son arrogance et de sa dureté, est depuis longtemps surnommé « le Boxeur de Bercy », semble sûr de son fait. Rien ne semble atteindre Jérôme Cahuzac, encore moins le démonter, alors que tout autour de lui la polémique enfle.

Mais Jérôme Cahuzac n'en reste pas là. Soudain, il passe à nouveau à l'attaque. En inversant carrément les rôles. Cahuzac s'anime sur sa chaise, se redresse et me lance:

«Jean-Jacques Bourdin, je vais peut-être me permettre de vous poser une question...

– Allez-y...

– Cette réponse a été portée à la connaissance des autorités françaises la semaine dernière, je crois. Aujourd'hui, celui que vous invitez, c'est le ministre du Budget. Quelle conclusion tirez-vous de ces deux éléments factuels: je suis toujours ministre du Budget et cette réponse a été portée à la connaissance des autorités françaises la semaine dernière. Quelle conclusion en tirez-vous?»

Hésitation, puis, dans un bref mouvement de menton, il ajoute:

«Je peux vous aider!

– Je n'ai aucune conclusion à tirer, Jérôme Cahuzac, en ce qui me concerne.»

Sans se démonter, sans même ciller, ses lèvres pincées dénotant un calme artificiel:

«La conclusion que l'on peut en tirer, c'est que depuis le début, c'est MOI qui dis la vérité.»

Je laisse s'installer le silence. En pleine tension, il est bon de maîtriser le rythme de l'émission en le modifiant.

Doucement, je le relance:

«N'aimeriez-vous pas que tout cela soit rendu public?

– Je le souhaite naturellement. Je le souhaiterais. Mais, en même temps, je connais les règles. Je suis par ailleurs chargé de faire respecter le secret fiscal (il tend le bras) pour toutes les autres affaires. Je veux dire toutes celles qui ne me concernent pas. Et donc, je sais ce qu'est la valeur du secret fiscal. D'une certaine manière, je plains Pierre Moscovici qui, lui, connaît la vérité, mais qui, au nom du secret fiscal, ne peut la dire...»

Subtilement, presque imperceptiblement, Jérôme Cahuzac inclut Pierre Moscovici dans la boucle. Il le mouille. Un rien interloqué, j'impose un nouveau silence et là, sans avoir prémédité ma phrase suivante, en forme de frappe décisive, je le fixe et l'interroge d'un ton volontairement grave et solennel:

«**Les yeux dans les yeux**, est-ce que vous avez eu un compte en Suisse ou pas?»

Jérôme Cahuzac ne se dérobe pas. Au contraire, me regardant toujours droit dans les yeux, il joue la carte réflexe de la plus extrême franchise:

«**Je n'ai pas, je n'ai jamais eu de compte en Suisse**, Jean-Jacques Bourdin.

– À aucun moment? (Je répète, haussant le ton et détachant les mots.) À aucun moment?»

Il martèle:

«Et la réponse apportée aux autorités françaises par la Suisse permettra je l'espère, et très vite – et le plus vite serait le mieux –, d'en finir avec ces saletés.»

Silence.

Il y a comme un léger «break». La tension retombe. Chacun retourne dans son coin, un peu secoué. Mais non, ce serait trop facile… Si j'ai été quelque peu impressionné par l'assurance du maître pugiliste, je crois de mon devoir de contre-attaquer sur une question qui tient du secret de polichinelle:

«Jérôme Cahuzac, ne peut-on pas ouvrir un compte en Suisse sous un prête-nom?»

L'air placide, se donnant le genre du professeur rempli de mansuétude à l'égard d'un élève qui serait peut-être un peu long à la détente, pas très doué pour comprendre le b.a.-ba des choses de la finance, Jérôme Cahuzac amorce une explication technique qui s'achève sur une série de crochets à l'encontre de ses accusateurs:

« L'administration française est dirigée par des professionnels très compétents... Je vois bien le sens de votre question... Les questions posées par l'administration à la Suisse sont posées par des gens qui connaissent leur métier et donc, bien que n'ayant pas vu le document de demande d'entraide, bien que n'ayant pas vu leur réponse, je n'ai aucun doute quant à la nature des questions posées et les questions posées ont été : "M. Cahuzac possède-t-il ou a-t-il possédé, directement ou indirectement, un compte en Suisse ?" Et donc ces arguties de prête-nom – que vous ne prenez pas à votre compte (là, il cherche à me ménager) – mais que certains, parce qu'ils n'ont que le fiel à déverser, que certains reprennent à leur compte, ne sont pas des arguments, mais des arguties. Et je les récuse... »

En aucun cas je ne peux laisser le monologue s'installer. Calmement, d'un ton posé, je relève sa dernière conclusion :

« Ces gens-là, ces accusateurs... »

Je précise alors : « Ces gens-là, sans être péjoratif... »

Je l'entends murmurer : « On pourrait l'être. »

Je réplique : « Je n'ai pas à porter de jugement. Vous pouvez en porter, pas moi. »

Il répète : « On pourrait l'être, oui. »

Moi, poursuivant sur sa lancée : « Ces accusateurs, pourquoi vous accusent-ils ? Selon vous ?

– Faudrait le leur demander ! Car ce sont eux qui ont démarré cette campagne abominable, il y a un peu plus de deux mois. »

Pas question de laisser cette accusation sans réplique. Jérôme Cahuzac tend à balayer le plus large possible, comme s'il lançait son coup de poing circulaire bien connu des habitués du ring, coup de poing qui pourrait d'ailleurs presque passer pour une esquive.

Je le contre froidement. Il ne s'y attend pas :

« Vous avez pensé à démissionner ? »

Interloqué, il encaisse néanmoins (il est connu pour être bon encaisseur) sans perdre son sang-froid :

« À aucun moment. »

Jérôme Cahuzac s'accroche fermement à l'attitude qu'il s'est imposée, à sa posture, et va même plus loin : « Pourquoi démissionner quand on se sait **innocent** ? Pourquoi faire ce cadeau à ceux qui vous accusent de la manière la plus honteuse ? Pourquoi céder à ceux qui vous convoquent au ban de l'infamie ? » Martelant son credo, il ponctue sa résistance au mal par la parole et le geste : « Je ne céderai pas. Je n'ai pas cédé. Et je ne céderai pas ! »

Moi, calmant le jeu pour tenter de revenir au fond du problème :

« N'y avait-il pas d'autres moyens pour que nous connaissions, nous, grand public, la vérité ?

– J'ai fait ce que j'ai pu. »

Il répète : « J'ai fait ce que j'ai pu... Par le biais de mes avocats, j'ai interrogé la banque, je l'ai interrogée à deux reprises, à trois reprises...

– Oui, mais nous ne connaîtrons jamais la réponse ! lui dis-je, mon ton se faisant plus emporté. Vous me dites : "La seule réponse, c'est que je suis encore ministre." Voilà ce que vous me dites ce matin ! »

Jérôme Cahuzac tente de rester très maître de son propos, il détache sereinement ses mots, sa voix est plus basse, presque sur le registre de la confidence. Il me prend à témoin :

« Jean-Jacques Bourdin, comment me reprocher, à moi, le fait qu'une banque, quelle qu'elle soit d'ailleurs, refuse de répondre à un particulier dans ces circonstances présentes ? Et c'est parce que je ne suis pas parvenu par mes propres moyens de citoyen à obtenir cette réponse que je remercie Pierre Moscovici d'avoir déclenché cette procédure d'entraide administrative car, désormais, cette réponse, les autorités françaises la connaissent, Jean-Jacques Bourdin.

Et cette réponse, moi aussi je la connais, parce que je sais ce qu'est **la vérité**... »

Un nouveau silence s'abat et atténue les pesanteurs de cette interview.

En cinq minutes pleines, Jérôme Cahuzac est sorti de sa ligne de défense, ce que l'on pourrait comparer à un terrible franchissement de ligne jaune.

L'émission touche à sa fin. L'essentiel a été dit. Le mensonge est sorti, en pleine lumière, sous les caméras de BFM TV et devant le micro de RMC librement ouvert.

Comme pour atténuer la tension, je m'engage dans un dernier revers, un peu « soft », pour suggérer à mon interlocuteur de se livrer davantage. On part sur un terrain plus personnel.

« Vous en avez assez ? Je vous sens... exaspéré.

– Non, "exaspéré" n'est pas le terme, parce que j'ai appris à vivre avec...

– Marqué ?

– ... ce soupçon ! Je ne pense pas que l'on puisse être après une telle épreuve comme on pouvait être avant. Mais c'est une question personnelle qui, au fond, ne regarde que moi, et l'essentiel demeure. L'essentiel, c'est que depuis le début de ces accusations, à aucun moment, à aucun moment Jean-Jacques Bourdin, on ne m'a empêché de faire mon travail. Ce travail que j'avais à faire, je l'ai toujours fait, tous les jours, en dépit des accusations portées contre moi, en dépit du contexte dans lequel j'ai dû travailler, en dépit des épreuves personnelles que j'ai pu traverser, à aucun moment on ne m'a empêché de faire mon travail et on ne m'empêchera pas de faire mon travail. »

Après cette émission, on est en droit de se demander si Jérôme Cahuzac n'a pas gagné. Son verbe et son assurance ont pu installer le doute dans les esprits. Il n'y a qu'à voir la tête de son attachée de presse, tout à fait rassérénée, qui lâche devant nous tous à la sortie du studio : « Sa sincérité ressortait de ses propos. » Elle non plus, ne savait rien. Delphine Batho, alors encore ministre de l'Écologie, du Développement durable et de l'Énergie, non plus ne se doutait de rien. Pour preuve, la veille, au moment de la décommander au profit de Jérôme Cahuzac, elle avait paru heureuse pour lui : « C'est très bien. Cela lui donnera l'occasion de se défendre. C'est bien de lui donner la chance de dire la vérité. »

Cependant, on ne badine pas avec la « vérité ». Mieux vaut ne pas jongler avec ce mot à la légère. Après cette comédie télévisée bien préparée, on aura droit à une prestation à grand spectacle devant les parlementaires – prestation renforcée par la solennité du lieu –, qui sonnera bientôt le glas du ministre déchu.

En politique, comme en sport et dans la vie, l'envers de la médaille, celle de la vérité, s'appelle la tricherie. Après être passé aux aveux sur son blog perso jusqu'à la confrontation judiciaire, le champion de sa propre cause n'est plus qu'un homme disqualifié.

8

Le bruit et la fureur

Certes, je ne pensais pas au contenu même du roman en citant, pour faire référence à Marine Le Pen et à Jean-Luc Mélenchon, le fameux titre de Faulkner, *Le Bruit et la Fureur*. D'ailleurs, à peine avais-je lancé la référence, à micro ouvert, que Mélenchon me ramena à nos grands classiques, rappelant que « Sound and Fury » est une citation de... William Shakespeare ! Le titre du roman de Faulkner fait référence à *Macbeth*, la célèbre pièce de théâtre (acte V, scène V)... Quant au studio de BFM TV, il est bien loin de la région de Yoknapatawpha, située au cœur du vieux Sud imaginé par l'écrivain pour y camper ses héros.

Cependant, c'est bien le « bruit » et la « fureur », malgré tout, que Marine Le Pen et Jean-Luc Mélenchon semblent incarner pour de bon aux yeux d'une classe politique plutôt policée, dominée par le binôme UMP et PS.

Loin de l'exercice littéraire de Faulkner, aussi complexe soit-il et truffé de monologues intérieurs, je m'apprête, ce matin-là, à lâcher, en face-à-face, deux « bêtes » politiques rompues aux bravades d'estrade et aux effets de manche. Quelques jours plus tôt, le dessinateur Plantu avait caricaturé dans l'hebdomadaire *L'Express* les deux débatteurs arborant un brassard à la mode nazie, bras droit levé, tenant de l'autre main un discours intitulé « Tous pourris ». Pas si simple, ce débat.

C'est aussi une « première » dont notre maison offre la primeur aux téléspectateurs et aux auditeurs : de véritables « vedettes américaines » antisystème en lever de rideau de l'élection présidentielle 2012.

En 2007, déjà, nous avions été les seuls à organiser la rencontre entre François Bayrou et Ségolène Royal, quand un « troisième homme » semblait devoir arbitrer le deuxième tour entre la candidate socialiste et Nicolas Sarkozy. Que d'interventions alors pour nous en dissuader ! Bien sûr, nous avions tenu bon et réalisé l'émission la plus originale, sinon la plus « choc », d'une campagne électorale ardente, parfois virulente.

D'une manière générale, Marine Le Pen et Jean-Luc Mélenchon viennent assez régulièrement devant nos caméras et derrière notre micro. Trois raisons à cela : ils sont uniques, chacun dans leur camp ; ils n'ont pas de « seconds » vraiment représentatifs ni d'anciens ministres dans leur sillage ; ils possèdent un franc-parler et maîtrisent la joute verbale en virtuoses. Excellent pour la citation *verbatim*. Avec eux, c'est instantanément « oui » ou « non ». C'est clair. Entre nous, pas de tergiversations.

Chacun avait pourtant récusé l'idée de se retrouver ensemble sur le plateau d'une autre chaîne. Un « non » ferme que l'on jugeait partout définitif. Je trouvais cela dommage pour l'intérêt du débat et m'étais mis en tête d'insister de mon côté. Le calendrier faisait bien les choses : j'allais les recevoir, l'un après l'autre, dans les semaines suivantes.

Aussi, à la sortie de ces rendez-vous, qui font l'ordinaire des jours, je me risquai à leur poser la question, avec le plus grand naturel :

« Accepteriez-vous ce face-à-face que l'on dit impossible ? »

Heureuse surprise, l'un et l'autre acceptèrent spontanément. Un « oui » sans réserve.

Restait à monter la rencontre et à fixer une date : le plus tôt serait le mieux. Par la malice des agendas, elle tomba un lundi matin, le 14 février, jour de la Saint-Valentin ! En cette célébration si symbolique des choses de l'amour, ils n'allaient sûrement pas se jeter des fleurs, mais plutôt des brassées d'épines. Drôle de « mariage médiatique », en effet, mais en aucun cas « forcé », pour les champions d'un désamour réciproque, publiquement et hautement assumé.

À treize mois du premier tour de la présidentielle, ce débat rassemblerait des millions de témoins.

Trente minutes avant la prise d'antenne, les deux ténors débarquent devant notre station, rue d'Oradour-sur-Glane. Quelques minutes d'intervalle les séparent, presque quelques pas... Jean-Luc Mélenchon arrive le second volontairement : « Je viens du Xe arrondissement. On est venus en métro. C'est normal que j'arrive après elle. Je n'habite pas dans un château à Saint-Cloud ! » lance-t-il.

Frank Lanoux, le directeur général, est là pour les accueillir avec un sourire de courtoisie, un rituel de bienvenue, et les orienter, tour à tour, avec doigté et diplomatie. Pas question, en effet, de laisser leur aréopage de suiveurs – qui sont d'abord des militants, plus jeunes et plus féminins du côté de Jean-Luc Mélenchon – se faire la voix, voire l'invective, ou se toiser, entre le hall d'entrée et le salon de maquillage.

Frank a bien fait les choses : à chacun son bureau, à chacun son étage, à chacun sa maquilleuse.

Par tirage au sort, Marine Le Pen hérite du bureau du directeur général, au sixième étage, qui est une pièce vitrée assez claire donnant sur une ruelle.

Jean-Luc Mélenchon prend la direction du deuxième étage. Il s'installe, lui et son équipe, dans le bureau de Guillaume Dubois, le directeur de BFM TV.

Quand je quitte le studio de RMC, aux deux tiers de la matinale, tous deux font déjà antichambre, n'échangeant ni mots ni regards. Tout juste ont-ils consenti à une brève et froide poignée de main de politesse. Certes, ils se connaissent, mais les camps sont si tranchés, si opposés, qu'ils se croisent plus qu'ils ne se fréquentent au Parlement européen.

Au coup d'œil, je les sens déjà très concentrés, chacun imprégné de son rôle, dans une posture qui sent l'affrontement.

De part et d'autre, ils ont dû potasser les forces et faiblesses de l'adversaire. Ce face-à-face est surtout un front contre front : Front de gauche contre Front national…

Juste avant d'attaquer ce « Bourdin Direct » pas comme les autres, je tiens à les réunir. Car, s'ils sont bien dans leur rôle, normal, je me dois d'être dans le mien, et plutôt deux fois qu'une. On ne badine pas avec un « direct » de ce genre. Aussi est-il important de fixer d'entrée les règles et l'enjeu.

J'ai alors en mémoire la mise en scène d'un vif débat entre Bernard Tapie et Jean-Marie Le Pen qui s'était tenu à la veille des élections européennes de 1994. C'était sur France 2, la grande chaîne publique. Soudain, mon confrère Paul Amar leur avait brandi, tour à tour, à la surprise générale, une paire de gants de boxe rouges et un casque de protection sortant d'un sac « Décathlon » exhibé plein écran. Le combat à « armes égales » tournant à la parodie, les deux invités avaient eu beau jeu de protester, et Paul Amar y avait perdu sa place de présentateur du JT de 20 heures !

Sans rappeler ce souvenir cuisant, j'invite Marine Le Pen et Jean-Luc Mélenchon à ne pas sombrer dans une foire d'empoigne. J'insiste : nul n'aurait à y gagner, ni eux ni les téléspectateurs.

Chacun prend place autour de moi dans le studio spécialement aménagé pour la circonstance.

Marine Le Pen porte une robe beige, faisant son arme d'un sourire avenant et quelque peu madré, et rodant sa voix un peu rauque.

Loin de l'image traditionnelle du tribun à écharpe rouge flottante et coiffure au vent, Jean-Luc Mélenchon, lui, a choisi le costume de bonne facture et la cravate rayée d'un bleu… marine, de hasard bien sûr, mais de circonstance. Le cheveu bien peigné souligne le côté respectable auquel il aspire sans doute, malgré le poids des passes d'armes qui l'ont opposé tantôt à la « classe politique », tantôt à la « classe médiatique »…

Comme nous pouvions nous y préparer, les coups ne sont pas à fleurets mouchetés. Les sujets s'y prêtent, il est vrai : Europe, emploi, laïcité, immigration… Sur ce dernier point, à partir duquel le Front national a bâti une sorte de socle, tout les oppose. J'interpelle Jean-Luc Mélenchon :

« L'immigration améliore le peuple français, c'est ce que vous avez dit Jean-Luc Mélenchon ? »

Marine Le Pen laisse son adversaire développer ses arguments assez posément : « L'immigré met toute l'espérance dans ses enfants, il se saigne aux quatre veines, il n'y parvient pas toujours et, dans ce sens, il pousse la société vers le haut. » Elle guette néanmoins l'ouverture pour la contre-attaque. Celle-ci ne tarde pas. Derrière l'apostrophe point l'escalade :

« En réalité, vous êtes un faux ami de ceux que vous prétendez défendre parce que les ouvriers français sont victimes de cette immigration organisée par les patrons du CAC 40 pour peser à la baisse sur leurs salaires… »

Le ton prend encore plus d'acuité quand, amorçant une question concernant un propos de Marine Le Pen sur la « laïcité » et l'« islamisation » de la France, Jean-Luc Mélenchon m'interrompt soudain. D'un ton de prof d'école de journalisme, un registre encore inédit pour lui, il feint l'indignation et me reproche : « Vous n'avez pas pris la citation où elle dit qu'elle veut rechristianiser la France ! » D'un geste, je lui fais comprendre que c'est moi qui pose les questions. À chacun son rôle. S'ensuit de la part du patron du Front de gauche une prompte profession de foi laïque :

« Dans ce pays, il n'y a pas de problème avec l'islam. Il y a un problème avec une poignée de fanatiques que nous mettrons à merci comme nous l'avons fait avec les catholiques intégristes, les juifs fanatiques, les bouddhistes exaltés et les évangélistes énervés... »

Ce qui lui vaut cette riposte étrange et, pour tout dire, quelque peu folklorique : « Vous êtes un peu l'Yvette Horner de la politique. »

D'un trait, les amateurs de « petites phrases » sont servis. Sur Twitter et sur Facebook, ça s'emballe. Cette sortie sera la seule phrase caricaturale, preuve que, malgré quelques rodomontades inhérentes à la personnalité des deux battants, le débat reste maîtrisé.

Je n'en demeure pas moins médusé par la comparaison aux accents de bal-musette. Comment le nom d'Yvette Horner, flamme rousse et muse de l'accordéon, mythifiée naguère par le Tour de France de « papa » et de « Poupou », a-t-elle pu surgir, à l'emporte-pièce, en pleine confrontation dialectique ?

Lancée sur le plateau, mais plutôt hors sujet, l'image suscite forcément des sourires entendus, mais les amateurs de « clashs » en seront pour leurs frais. Heureusement pour l'émission, nul ne dérivera plus dans la surenchère. J'assiste même à un instant rare, pendant la pause publicitaire. En effet, Jean-Luc Mélenchon brise la glace. « Tenez, madame Le Pen, en tant que coco, je suis partageur, je vous offre un verre d'eau ? » Marine Le Pen accepte, esquissant un timide sourire.

Comme il fallait cependant s'y attendre, après une arithmétique comparative (élémentaire) de leur présence assidue

– ou « buissonnière » – au Parlement européen et l'inévitable procès de l'euro – elle contre, lui pour, mais avec beaucoup de réserves –, une certaine cacophonie submerge les dernières minutes d'antenne.

Il est vrai que j'ai poussé le bouchon jusqu'à inviter Marine Le Pen à commenter *L'Internationale*, ce chant révolutionnaire symbole des luttes sociales. Sa version en langue russe avait même servi d'hymne national de la défunte Union soviétique jusqu'en 1944 :

« Est-il vrai que vous la chantiez avec votre père en voiture ?

– Oui, en effet, car cela participe à l'identité française ».

Défié sur son terrain, Jean-Luc Mélenchon remonte au front (de gauche) et n'entend pas lui laisser la dernière reprise, d'où un ultime assaut un peu désordonné sur lequel se referme le rideau.

L'émission télévisée et radiodiffusée a duré quarante minutes, soit le double des interviews quotidiennes. Lorsque je rends l'antenne, un lourd silence tombe sur le plateau. Je remercie les deux invités d'un mot et nous sortons. Jean-Luc Mélenchon ne peut s'empêcher de lever le poing et Marine Le Pen de minimiser l'importance de son adversaire. Louis Alliot (le compagnon de cette dernière), présent parmi les accompagnateurs, lâche ce commentaire : « Ma présidente ne joue pas dans la même catégorie… »

Marine Le Pen et Jean-Luc Mélenchon ne prendront pas la pose ensemble pour le photographe, n'exagérons rien, mais accepteront quand même la photo traditionnelle avec moi, leurs équipes restant toujours séparées de quatre étages. Jusqu'à la fin, les uns et les autres éviteront raisonnablement de se croiser. Les poignées de main seront pour Alain Weill, notre président, et Frank Lanoux, dans le hall, à la sortie.

J'ai, depuis, reçu plusieurs fois Marine Le Pen et Jean-Luc Mélenchon. Séparément, bien sûr. Lui est resté très marqué par ce bras de fer à l'impossible vainqueur. Il considère qu'il a forgé là sa forte image médiatique. Il le dit. Il en serait presque reconnaissant – c'est son côté « fair-play » –, même si nos échanges, sans concession, restent parfois rudes. En juin 2013, sur une question liée au communautarisme, Mélenchon m'a quitté fraîchement, un peu fâché.

J'ai connu pire dans la froideur et la tension.

Après ce débat Le Pen-Mélenchon – dont l'audience, selon les analystes, est restée en hausse du début à la fin –, deux autres « duels » suivront sur la lancée.

Entre Pierre Moscovici et Xavier Bertrand, rien à signaler. Leur personnalité, affable, policée, ne prête pas aux débordements. Leur nature placide parle pour eux.

La surprise, en revanche, est venue d'une implacable rencontre entre Delphine Batho, alors ministre de l'Écologie, et Laurence Parisot, la patronne des patrons, alors présidente du Medef. Là, pas un mot personnel échangé. Deux ou trois paroles, à peine, en guise de bonjour et d'au revoir. Pas même un café.

Drôles de dames…

9

Entretiens d'embauche

« Conformisme » : voilà un mot que j'abhorre, surtout en période électorale. Seul antidote possible : se différencier, imposer sa griffe, son label, sa personnalité, sa pugnacité. C'est bien le rôle du journaliste que d'aller chercher l'information originale à la meilleure source pour la partager !

Dès ma première campagne présidentielle en tant qu'« anchorman » (présentateur) d'une matinale radio (celle de 2002, durant laquelle le socialiste et ex-Premier ministre Lionel Jospin sera coiffé par Jean-Marie Le Pen pour une finale face à Jacques Chirac), je constate une réalité lucidement soulignée par l'un de nos plus grands écrivains, Victor Hugo : « L'écriture est de plus en plus aseptisée. Les plumes se trempent de plus en plus dans la poussière et de moins en moins dans le vitriol. » En son temps déjà, l'auteur des *Choses vues* déplorait le conformisme de la presse.

Combien de fois ai-je resservi à mon équipe rassemblée pour réfléchir aux angles originaux, dans un sourire, mais avec ténacité, cette citation des *Choses vues*, à la manière d'un exercice imposé ?

Si les plumes sont de plus en plus aseptisées, que dire alors des micros ? Des pelotons de reporters les tendent à foison sous les estrades et dans les studios. Beaucoup jouent des coudes (jamais facile) pour recueillir la bonne parole des personnalités, mais peu reviennent à la charge pour « arracher » vraiment à ces acteurs de l'actualité ce qu'ils pensent vraiment.

Au nom de la radio pour laquelle je travaille, je pose un postulat : chaque citoyen est « actionnaire » de l'« entreprise France ». Hélas, un actionnaire de plus en plus endetté. Tous les cinq ans, un peu plus de 40 millions de ces « actionnaires » (inscrits sur les listes électorales) sont chargés d'élire le « meilleur patron ». À ce titre, et pour pouvoir faire leur choix, ils ont le droit de savoir, le droit d'entendre des réponses aux questions posées. C'est pourquoi j'ai qualifié ces interviews présidentielles d'« entretiens d'embauche ».

En 2002, seize candidats à la magistrature suprême avaient franchi la barre fatidique des 500 signatures requises par le Conseil constitutionnel. Ils étaient douze en 2007, dix en 2012.

Pour organiser le passage de ces candidats à l'antenne de manière juste, neutre et équitable, j'ai choisi de procéder à un tirage au sort. Nous l'organisons entre nous, sans la moindre cérémonie, ce qui n'empêche pas une certaine fébrilité doublée de curiosité, vite gagnée par l'ensemble de la rédaction. L'excitation autour de ce tirage au sort est même un prélude à l'intérêt et à la mobilisation des auditeurs et des téléspectateurs !

En 2007, les douze derniers jours « ouvrés » avant le premier tour étaient réservés aux candidats. Toujours par tirage au sort, nous avions accordé les cinq derniers aux cinq « poids lourds » de la campagne. Ainsi s'était décidé leur ordre de passage. Il en a été de même pour les dix candidats qualifiés en 2012.

En étudiant les deux derniers scrutins, il est aisé de remarquer que, si les formations politiques sont à peu près similaires, les têtes d'affiche, elles, ont changé.

Incroyable, mais vrai : seuls François Bayrou et Nicolas Sarkozy sont toujours présents ! Il y aurait donc pour la présidentielle comme un renouveau général des « champions », ce qui n'est le cas dans aucune autre élection.

Prenons 2007. Les candidats d'alors s'appellent François Bayrou (Union pour la démocratie française), Olivier Besancenot (Ligue communiste révolutionnaire), José Bové (Gauche antilibérale), Marie-George Buffet (Parti communiste français), Arlette Laguiller (Lutte ouvrière), Jean-Marie Le Pen (Front national), Frédéric Nihous (Chasse, pêche, nature et traditions), Ségolène Royal (Parti socialiste), Nicolas Sarkozy (Union pour un mouvement populaire), Gérard Schivardi (« candidat des maires » soutenu par le Parti des travailleurs), Philippe de Villiers (Mouvement pour la France) et Dominique Voynet (Les Verts).

Dix d'entre eux auront disparu lors du même scrutin cinq ans plus tard. Pourtant, leur représentation (ou sensibilité) est toujours présente.

L'exemple le plus frappant est celui des Le Pen père et fille. De Jean-Marie, le père insubmersible, le vétéran de toutes les batailles depuis le temps des préaux d'école dans les années cinquante, jusqu'à l'irruption de sa fille Marine, la bien nommée, c'est bien Le Pen I et Le Pen II… Quand le premier fonce, toutes voiles dehors, par tous les temps, forçant la mer et les embruns, se défiant des courants et des vents contraires, au risque de s'échouer dans l'impasse des coups de tabac, des rodomontades, voire des provocations d'estrade et des dérapages historiques condamnés à juste titre, la fille, elle, barre au plus près, au plus juste, loin des « petites phrases » flattant sans doute le militant de base, mais potentiellement dangereuses. Le Pen I et Le Pen II, ce sont deux natures, mais aussi deux styles quasiment opposés. Sur le fond, autant le patriarche baroudeur du FN pouvait se montrer imprévisible et risquer la dérive, autant l'héritière, tout aussi « puncheuse », quoique moins libérale et plus « étatique », a montré qu'elle savait contrôler un discours et maîtriser la tentation des formules à l'emporte-pièce.

Pour les Le Pen, le temps agit dans le sens d'une transmission des pouvoirs, en aucun cas d'une disparition en coulisses.

En 2012, en revanche, deux candidats du scrutin précédent ont totalement disparu du paysage politique : Frédéric Nihous et Gérard Schivardi. Depuis l'instauration du suffrage universel sous le général de Gaulle en 1965, qui fonde la souveraineté d'un peuple dans un régime démocratique, des personnages improbables surgissent parfois pour mieux replonger dans l'ombre après leur échec. Le premier d'entre eux – les plus anciens s'en souviennent – s'appelait Marcel Barbu. Il militait pour la création d'un ministère des Droits de l'homme afin de « protéger les citoyens en danger » et défendait l'instauration d'un référendum d'initiative populaire déjà pratiqué en Suisse. À l'époque, il suffisait de recueillir 100 signatures pour entrer dans la course. C'était aussi la toute première campagne électorale télévisée.

Marcel Barbu se souciait assez peu de son image. Il sanglotait parfois entre deux phrases, appelait les Français « mes copains » et se prétendait le « candidat des chiens battus ». De Gaulle le traita de « brave couillon », et la France retint l'humour de cet entrepreneur au message « mouillé » et brouillé. Il obtint tout de même 1,15 % des suffrages. Un autre personnage surgi de nulle part, Louis Ducatel, ingénieur et hypnotiseur, pourfendeur du fisc, « creva l'écran » en 1969. Il fit un peu mieux (1,27 %).

En 2007, c'est Gérard Schivardi qui prit la place de l'« hurluberlu » de service, à en croire la manière dont il alimenta la besace à parodies des grands imitateurs. Nicolas Canteloup (Europe 1), plus encore que Laurent Gerra (RTL), et, bien sûr, les « Guignols » sur Canal+ y allèrent gaiement de leur charge « folklorique ». Avec son accent rocailleux et sa mine rubiconde, ce maçon d'origine italienne, devenu maire d'une petite commune de l'Aude, suscitait aussi l'ironie de l'intelligentsia parisienne, qui le campait à l'envi sur fond de vendanges arrosées. Schivardi, condamné en justice par la vénérable Association des maires de France, fit « trois petits tours et puis s'en va »... Son résultat fut très mauvais : 0,34 % !

On peut rire à l'évocation de ces personnages pittoresques. Mais je ne ris pas. J'ai du respect pour ces hommes venus d'une vie provinciale souvent rurale, qui valent bien certains escogriffes parisiens de l'action publique. Sans doute se battent-ils avec des moyens dérisoires contre des moulins à vent, mais ils incarnent aussi une France du labeur et, souvent, du mérite. Et je trouve bon que, grâce au temps d'antenne qui leur est accordé l'espace d'une (courte) saison, on puisse entendre, voir, ces personnalités aussi fugaces qu'originales... Je me félicite de pouvoir les accueillir et de leur offrir la même exposition que celle offerte aux « grands » candidats. Cette libre antenne consiste en un dialogue direct avec les auditeurs, dialogue qui se transforme parfois en ping-pong ajusté au ras du filet...

Aux côtés de ces candidats « hors système », auxquels il faut associer Jacques Cheminade, qui avait été mal identifié par le monde politique en 2012, se situe la caste des « militants ». Dans le désordre, je citerai Olivier Besancenot et Philippe Poutou (Nouveau Parti anticapitaliste), ainsi que leurs cousines trotskystes Arlette Laguiller et Nathalie Arthaud (Lutte ouvrière), mais aussi Nicolas Dupont-Aignan (au nom du gaullisme « intégriste »), José Bové, Dominique Voynet, ou encore Eva Joly (les écologistes de chez Europe Écologie-Les Verts). Et je n'oublie pas les personnalités de talent qui parfois bousculent les clivages : je pense, ici, à Jean-Pierre Chevènement ou à Jean-Luc Mélenchon.

En tout cas, quel que soit leur rang, leur chance, leur impact dans le débat public, la France s'honore de leur offrir tribune et bulletins de vote.

Certains reprochent au système une surexposition des petits partis ou des « laissés-pour-compte » de la vie d'assemblées. Je ne suis pas d'accord, et il m'importe, à chaque scrutin, de leur proposer une vingtaine de minutes de direct en radio et en télé sous la forme d'un dialogue à bâtons rompus sans artifice avec les auditeurs.

Lors de la grand-messe médiatique d'une campagne présidentielle, il est des grands rendez-vous réussis, tel le face-à-face inattendu de 2007 entre François Bayrou et Ségolène Royal. Mais on compte aussi des rendez-vous manqués. Celui, en 2012, entre Dominique Strauss-Kahn et les Français relève, dit-on, de la psychanalyse. Je n'entrerai pas dans ce débat.

De l'émission spéciale Bayrou-Royal, j'ai gardé un vif souvenir.

D'abord, parce que c'était une « première ». Jamais aucune chaîne de télévision n'avait réuni entre les deux tours le deuxième et le troisième du premier tour d'une élection présidentielle. La première, qualifiée, le second, éliminé. Quelle drôle d'idée !

Tout commence le mardi 24 avril 2007. Ségolène Royal se trouve à Montpellier et lance un appel aux centristes. François Bayrou réagit rapidement, récuse l'idée de nommer des ministres UDF dans un gouvernement socialiste, mais affirme rester ouvert au dialogue. Ségolène Royal insiste et propose un rendez-vous. Nous sommes dans l'entre-deux-tours, la « Dame du Poitou » veut faire vite et sceller une alliance qui lui assurerait la victoire le 6 mai. Le vendredi suivant, le 27 avril, la presse quotidienne régionale organise un forum où Ségolène Royal et Nicolas Sarkozy prévoient d'intervenir. Ségolène Royal invite François Bayrou qui se dit prêt à accepter, à condition que tout le forum soit télévisé. La presse quotidienne régionale refuse, mais maintient l'invitation faite aux deux finalistes. « La presse est libre, sauf quand elle subit des pressions », commente Ségolène Royal.

L'hebdomadaire *Marianne* est le premier à sauter sur l'occasion et à avoir l'idée d'organiser un débat Royal-Bayrou. Michel Denisot rebondit pour Canal+, I-Télé et France Inter suivent. Jean-Louis Bianco, le codirecteur de la campagne de la candidate socialiste annonce déjà que le débat aura lieu le samedi 28 avril, à 11 heures ou à midi. Agnès Longueville, attachée de presse de Ségolène Royal, précise même que ce débat sera réalisé dans le studio du « Grand Journal », ouvert à la presse pour l'occasion. Michel Denisot est censé l'animer. Le jeudi 26, tous les médias se bousculent, comme le raconte dans son livre[1] Frank Lanoux, directeur général de RMC.

Jean-Pierre Elkabbach, appâté, tente le coup pour Public Sénat, mais abandonne vite. La chaîne Canal+ est préférée. Le jeudi 26 avril, donc, tout est prêt quand, étonnamment, la chaîne cryptée Canal+ cède. Ce renoncement est assorti d'un bref communiqué : « Les règles du CSA imposant une stricte égalité du temps de parole entre les candidats à l'élection présidentielle, Canal+ ne sera pas en mesure de produire le débat entre Ségolène Royal et François Bayrou. » Pourquoi ce brutal abandon inexpliqué ? Alain Weill, qui préside notre groupe, NextRadioTV, saisit l'opportunité. Il appelle le CSA, qui répond : « Nous ne sommes pas au courant du communiqué de Canal+. Il suffit d'équilibrer les temps de parole. » D'autre part, le CSA dément être intervenu auprès

1. *Cf.* Frank Lanoux, *La Deuxième Vie de RMC*, éditions du Rocher, 2013.

de Canal+, qui a donc fait du zèle... Le président du CSA, Michel Boyon, refuse que son institution serve de bouc émissaire.

Le jeudi 26 avril en fin d'après-midi, j'appelle Jack Lang, qui me confirme que Ségolène Royal est prête. Le lendemain, il est prévu que je le reçoive à l'antenne sur RMC aux côtés de François Fillon. Quand ils se croisent dans nos couloirs, ce dernier lance à l'ex-ministre de la Culture: « Faites-le, ce débat, c'est quoi le problème ? »

Au même moment sur RTL, François Bayrou est interrogé sur l'annulation du fameux débat par Canal+. « Pensez-vous que Nicolas Sarkozy soit intervenu ? » lui demande-t-on. « Je n'en ai pas la preuve, mais j'en ai la certitude », répond le Béarnais.

Dans la matinée du vendredi 27, Jack Lang se rend au quartier général de sa candidate et tente une ultime fois de la convaincre. Il réussit. De son côté, François Bayrou se fait désirer, il n'a pas encore formellement donné son accord. Nous attendrons sept heures avant qu'il n'accepte.

Alors, tout s'enchaîne: nous mobilisons les moyens humains et techniques de RMC et de BFM TV, le face-à-face sera organisé dans la plus grande salle de réception de l'hôtel Westin, rue de Castiglione, au cœur de Paris. Cet hôtel, tristement célèbre pour avoir, sous l'occupation allemande, abrité un « tribunal d'exception », allait pouvoir redorer son blason en accueillant un face-à-face inédit.

Le vendredi soir, après l'annonce officielle du débat, je reçois plusieurs SMS de vagues connaissances qui ne donnaient plus de nouvelles depuis bien longtemps:

Mais comment est-il possible d'organiser un tel débat? C'est inéquitable!

Pierre Charon, conseiller de Paris, ami proche de Nicolas Sarkozy, m'écrit :

Est-ce que tu ne crois pas que ça va être mauvais pour notre ami ?

Par bêtise, il me range dans son camp, ce qui renforce ma détermination. « J'aime beaucoup Pierre Charon, c'est le pire de tous ! » avait un jour confié Nicolas Sarkozy à propos de cet ami chassé de l'Élysée par la volonté de Cécilia Attias (ex-Sarkozy) et revenu ensuite en grâce... Militants UMP et anonymes divers m'adressent également des SMS et des courriels parfois menaçants (*Tu vas être tricard toute ta vie ! On aura ta peau ! Tu es un sale bobo gaucho*, etc.). Alain Weill de son côté reçoit sa part de messages, peut-être moins familiers, mais aussi explicites. Étienne Mougeotte, ancien patron de TF1 dirigeant alors *Le Figaro*, en profite par exemple pour lui donner une leçon de journalisme : « On n'est pas là pour faire le débat des perdants ! » Il est clair que notre initiative agace la grande majorité de nos confrères, qui auraient souhaité organiser ce débat.

Aujourd'hui, un tel face-à-face ne susciterait plus toutes ces remarques.

Le samedi 28 avril en fin de matinée, la grande salle du Westin est pleine. Des dizaines de chaînes de télévision, de chaînes de radio et de représentants de presse écrite du monde entier ne rateraient cela pour rien au monde.

Pour la première – et unique – fois, j'accepte de m'associer à un duo d'interviewers, Olivier Mazerolle et Ruth Elkrief, deux journalistes de BFM TV bien connus des amateurs d'émissions politiques. Dans un décorum aux vastes tentures et banderoles aux couleurs de notre chaîne, Bayrou nous sort du Bayrou : il reste policé, mesuré, équilibré. Le centriste dans toute sa splendeur.

Ségolène Royal, en tenue blanche légèrement rayée, affiche des traits reposés malgré l'intensité de la campagne.

Elle est avenante, souriante, séductrice même, tout en développant opiniâtrement et fermement son programme, qu'elle ponctue de nombreuses consultations populaires. Ségolène Royal développe une « démocratie directe » qui lui est propre.

L'interview touche à sa fin, elle s'est bien déroulée.

Dans une atmosphère sereine et détendue, je risque : « Est-ce que vous pourriez vivre ensemble... (je marque un léger temps d'arrêt) au sein d'un parti social-démocrate ?

– Ah, j'ai eu peur ! » s'exclame Bayrou, au milieu des éclats de rire.

Ségolène Royal, avec humour et dans un grand sourire : « Il s'appelle François, mais tout de même... N'exagérons pas... »

On s'amuse de la similitude des prénoms de Bayrou et de Hollande, qui fut longtemps, très longtemps même, le compagnon de vie de Ségolène et le père de leurs quatre enfants... Beaucoup, y compris dans la salle à ce moment-là, ignorent que le couple fait désormais vie à part et cohabite « à la dure » au sein du PS... Mais Ségolène joue son rôle.

Exercice considéré comme réussi, donc, quand le rideau tombe. Grand succès d'audience pour notre station. L'audace et l'indépendance d'esprit sont récompensées.

L'acte manqué, quant à lui, concerne Dominique Strauss-Kahn.

Au printemps 2011, DSK n'est pas seulement le grand favori de la gauche pour les présidentielles à venir. Il a également l'« oreille » des libéraux et de toute une partie de la droite modérée.

Si, le 13 mai 2011, DSK apparaît encore comme l'« homme fort » du paysage politique français, le 14, il n'est plus rien. Ce week-end-là – c'est plutôt amusant, car cela ne se produit que très rarement –, Christophe Jakubyszyn, le directeur de l'information de RMC, ainsi que quasiment toute mon équipe se reposent dans les Cévennes. J'aime à dire, affectueusement, « mes Cévennes ». Au menu, nous partageons, dans une belle humeur forestière, une tête de sanglier sauce gribiche, préparée par un ami de nos montagnes, Éric Combernous.

À New York, c'est une autre tête qui va tomber, celle de DSK. Le matin du dimanche, je ne sais encore rien. Nous ne savons rien, car nous avons tout « débranché », justement, pour ce week-end entre collègues. De plus, dans notre village, le téléphone portable passe mal... C'est ma femme, alors en immersion en Afghanistan pour l'un de ses livres[1], qui m'apprend, par texto, l'arrestation de DSK... Même au fin fond du fief taliban où elle se trouve, dans le Grand Sud afghan, la nouvelle lui est parvenue !

Quel choc. Un véritable électrochoc !

Toute notre équipe est abasourdie, comme éberluée – à l'image de toute la France – par ces images inouïes que l'on nous impose en boucle au rythme d'un film en accéléré. Lorsque nous descendons à Nîmes pour prendre le premier train, nous apprenons les chefs d'accusation (tentative de viol et séquestration) officiels, le mauvais théâtre de la suite 2806 du Sofitel, désormais griffée « DSK ». L'arrestation, puis l'inculpation du directeur français du Fonds monétaire international déferlent au rythme des appels, des SMS et des mails sur nos téléphones mobiles.

DSK vient tout bonnement d'être disqualifié avant la course. Il a explosé en plein vol. Longtemps, les exégètes gloseront à propos de cet « acte manqué ».

Au passage, j'ai perdu l'un des « entretiens d'embauche » les plus prometteurs de la campagne. Dommage !

1. *Cf.* Anne Nivat, *Les Brouillards de la guerre, dernière mission en Afghanistan*, Fayard, 2011.

Il y a longtemps, courant 2004 – c'est loin déjà –, Dominique Strauss-Kahn, alors ministre des Finances, avait été le premier à accepter de prendre ma place à l'antenne pour répondre en direct aux questions des auditeurs. Nous avions souhaité transposer en France ce type d'émissions participatives inauguré par Tony Blair, en Grande-Bretagne, mais aussi par Hugo Chávez au Venezuela. Le rendez-vous rituel de ce dernier avec les auditeurs s'appelait « Aló Presidente ! », en toute simplicité.

Toutes les personnalités politiques ne possèdent pas l'aisance d'un DSK en direct. Toutes, cependant, souvent spontanément, parfois avec quelques réticences, ont fini par apprécier cet exercice, la « deuxième mi-temps » du plus classique face-à-face. Après l'interview habituelle de 8 h 30 à 9 heures, l'invité prend physiquement ma place en studio, ce qui signifie que, concrètement, c'est lui qui pilote l'ordinateur où s'affichent les questions des auditeurs. Il peut y lire leur nom, leur âge, leur profession, leur région d'origine ou de résidence, ainsi que le résumé de leur question. Trois ou quatre auditeurs sont ainsi affichés en permanence sur l'écran. L'invité dialogue avec celle ou celui de son choix.

Ce sera dans ce décor et sans autre forme de cérémonie que le président Nicolas Sarkozy annoncera sa future « retraite politique ».

Flash-back. Nous sommes en 2012, quelques jours avant le sprint de la présidentielle. Je revois clairement la scène : pour accéder au studio de RMC, il convient de monter six étages depuis le studio de télévision. Dans l'ascenseur où nous nous retrouvons avec Alain Weill, Frank Lanoux et deux officiers de sécurité, Nicolas Sarkozy bavarde à propos de l'un des à-côtés de l'« affaire DSK » : le fameux dîner d'anniversaire de Julien Dray, député socialiste quelque peu en disgrâce. Ce soir-là, pour ses 57 ans, Dray a réservé le club « J'ose », un ancien sex-shop de la rue Saint-Denis transformé en restaurant. L'établissement compte trois étages au programme coloré : « le paradis », « le purgatoire » et « l'enfer ».

Si Anne Sinclair, qui publie abondamment le socialiste dans les colonnes Internet du *Huffington Post*, est invitée, DSK, lui, n'était pas prévu. Il apparaît pourtant vers 22 heures aux côtés de celle qui est encore son épouse. Le voyant arriver, Ségolène Royal s'éclipse, Manuel Valls et Pierre Moscovici ne tardent pas à tourner les talons à leur tour. Trop tard, le mal est fait : deux photos postées sur Twitter se chargent du « buzz », dont le Parti socialiste – sinon DSK lui-même, alors encore empêtré dans une autre affaire, celle de l'hôtel Carlton à Lille – se serait bien passé...

« C'est une honte, s'enflamme Nicolas Sarkozy dans l'ascenseur. Et pendant ce temps-là, le PS passe son temps à nous donner des leçons ! »

Il se tourne vers moi : « Si ma femme apprenait que je fréquente ce genre d'endroit, je serais viré de la maison ! » Je souris.

Nous parvenons au studio. Nicolas Sarkozy est plutôt « remonté » quand il s'assied au micro. Juste avant de diffuser des auditeurs en direct, je lui pose trois ou quatre questions, tout en gardant un œil sur les mails qui défilent sur l'écran. L'interpellation d'une auditrice d'Annemasse retient mon attention :

« Monsieur Sarkozy, si vous perdez cette élection, est-ce que vous arrêterez la politique ? »

Je trouve cette question pertinente. Je modifie le prénom de cette auditrice haute-savoyarde. Je la baptise en effet Giulia, un clin d'œil à la fille que Carla Bruni a donnée au président, une boutade qui passe inaperçue sur le moment. Je lance alors cette fameuse question au nom de « Giulia » d'Annemasse... « Oui ! » répond sans hésiter le candidat à sa propre succession. Devant ce « oui » franc, massif, inattendu et lourd de conséquences, je relance Nicolas Sarkozy. Sa réponse tombe sans ambiguïté : « Vous pouvez me poser la question une troisième fois, je vous le dis, "oui". »

Deux ans plus tard, je garde ce « oui » en mémoire.

Et en archive.

10

Aller ou pas à l'Élysée

Je ne me suis jamais rendu à l'Élysée ès qualités. Ni au temps du président Jacques Chirac, friand de ces déjeuners en compagnie de journalistes qu'aimait organiser sa fille Claude, ni pendant le quinquennat de Nicolas Sarkozy, ni depuis que François Hollande lui a succédé, en mai 2012.

Sauf à deux exceptions. La première, par amitié, la seconde, par curiosité professionnelle.

C'était d'abord pendant l'hiver 2011. Je ne parle pas du rituel des « vœux du président », tous les ans au mois de janvier, où se presse un certain Tout-Paris des affaires et des médias. En passant en voiture rue du Faubourg-Saint-Honoré un jour où la longue cohorte battait le pavé jusqu'au carrefour de la place Beauvau, je me suis dit « non merci, je passe mon tour ».

Non, ce soir-là – car c'était en soirée –, je répondais à l'invitation privée de Charlotte Rampling, actrice lumineuse et discrète. Charlotte est une amie de mon épouse, et il se trouve qu'elle partage la vie de Jean-Noël Tassez – que je connais depuis toujours –, un homme de médias forgé aux affaires de presse, à la barre du quotidien local *La Marseillaise* (tout en n'étant pas communiste !), puis patron de RMC en des temps difficiles (je travaillais alors à RTL), devenu consultant et consulté par la plupart des chefs d'entreprise du CAC 40.

Je n'ai pas pour habitude de fréquenter les « experts en stratégie », et, quand il nous arrive de parler politique, cela reste dans le registre de l'anecdote. J'aime cependant le regard distancié que Jean-Noël Tassez pose sur les hommes et leur action publique.

À Charlotte, en tout cas, impossible de dire non. Ce soir-là, elle devait recevoir une distinction. Anne partie en reportage en Irak, à sa demande je l'ai, en quelque sorte, « représentée ». Je me faisais une joie de participer à cette soirée honorant une carrière exceptionnelle.

À première vue, beaucoup de monde. Un bruissement sourd caractéristique de la multitude des conversations m'enveloppe dès le bas des escaliers d'honneur. Ce soir-là, Charlotte Rampling n'est pas la seule récipiendaire : une demi-douzaine de personnalités sont honorées.

Parmi la foule, je distingue René de Obaldia, poète et dramaturge, dont la vie singulière pourrait à elle seule couvrir les pages d'un roman exotique et distingué. L'homme va sur ses 90 ans et traîne une légende aux références tout aussi aristocratiques (il est comte) et académiques (il est une personnalité du quai de Conti) que cosmopolites (né à Hong-Kong, son père était panaméen)...

Un verre de jus de fruits à la main, je déambule parmi les invités tout en observant le ballet de ceux qui prennent le buffet d'assaut. Même dans cette foule, le président Nicolas Sarkozy, qui prononcera un discours élogieux à l'adresse de chacun des nouveaux récipiendaires de la Légion d'honneur, n'est pas difficile à repérer.

Formant une cohorte anonyme qui ondule dans son sillage au gré de ses pas, les invités s'ajustent automatiquement à sa marche ou s'agrègent sur les côtés. Le but ? Une poignée de main, un regard, un hochement de tête en votre direction. L'important est d'être vu par le président, et que les autres remarquent qu'il vous a remarqué ! Étonnant ballet doublé d'un mouvement de cour ! On assisterait au même phénomène avec n'importe quel chef d'État. Ici, c'est la fonction qui prévaut et qui valorise l'ego. Cela me fait sourire.

Le hasard veut que je me retrouve, à un moment donné, sur le passage précis de cette drôle de « suite présidentielle ». Il est déjà trop tard pour m'écarter. Franck Louvrier, conseiller en communication de l'Élysée, m'a visiblement repéré. Il se penche vers le président et murmure deux mots à son oreille, lui rappelant sans doute mon nom pour qu'il ne commette pas d'impair. Immédiatement, Sarkozy me tend la main, et lance, en me regardant droit dans les yeux : « Alors, monsieur Bourdin, pourquoi ne voulez-vous pas venir à l'Élysée ? »

Je sens que Franck Louvrier l'a « briefé ». J'ai souvent affirmé, au cours de diverses interviews, que je ne répondrais jamais à une demande officielle d'interview réalisée à l'Élysée et aux conditions dictées par l'Élysée.

Je répète ma position et expose au président les raisons de ma réserve. Autour de nous, la foule – je ne repère aucun visage connu – fait silence, observe et cherche à décrypter ce court dialogue. Puis le président continue son chemin.

Instinctivement, je m'interroge : « Croit-il que je lui en tiens rigueur ? Me prend-il pour un irréductible adversaire ? Pense-t-il que je personnalise mon aversion pour ce type d'interviews aseptisées ? » Nicolas Sarkozy passe pour être un affectif. Il a besoin de se sentir « aimé », on le sait. Et celui qui n'exprime aucune considération particulière à son égard passe vite à ses yeux pour un intrus, voire une personne hostile. Cette caractéristique fait aussi sa force. Sarkozy sait puiser dans le répertoire du « mal-aimé », c'est l'une des ressources du battant. L'adversité réelle (ou supposée) le rend plus fort.

J'en suis là de mes réflexions quand le chef de l'État repasse devant moi, juste après que j'ai salué l'industriel François Pinault qui, à ma grande surprise, se montre très au fait de mes émissions. Nous sommes encore en train d'échanger quelques mots quand le président, saisissant une opportunité sportive – Pinault est le propriétaire du Stade rennais – s'immisce avec une certaine chaleur dans la conversation. Il se met à poser des questions sur la situation du club breton et ses résultats (plutôt moyens en championnat), évoque la personnalité colorée de Frédéric Antonetti, alors entraîneur corse de l'équipe bretonne. Sans changer de braquet, il nous entraîne ensuite sur l'avenir du sport cycliste, l'un des sports les plus populaires en Bretagne.

J'admire à loisir la performance du « pro ». Son improvisation tout en nuances avec un immense naturel. L'opportunisme de son propos en présence de François Pinault. Je me dis que Louvrier a dû, avec beaucoup d'à-propos, lui signaler mon passé, pourtant lointain, de journaliste de sport.

De retour au volant de ma voiture, je me surprends à penser que ce monde aux belles apparences n'est décidément pas tout à fait le mien.

Un événement personnel m'avait pourtant déjà conduit à ces lisières.

À l'hiver 2007, je séjourne à Moscou avec Anne, qui y a vécu une dizaine d'années. Ce vendredi-là, un ami m'appelle au téléphone et, tout de go, me félicite.

« Félicitations pour quoi ?

– Pour ta Légion d'honneur ! Tu sais quand même que tu as été nommé chevalier de la Légion d'honneur, non ?

– Pas du tout.

– Mais je viens de le lire dans *Le Monde* ! »

Sur l'instant, Anne et moi croyons à une plaisanterie. En raccrochant, je suis encore sous le coup de la stupéfaction amusée.

Le lendemain, en parcourant *Le Monde*, l'information me saute aux yeux.

Sur proposition du Premier ministre...

Incroyable ! Je ne connais ni ne fréquente Dominique de Villepin, aux manettes à Matignon. Je n'ai jamais déjeuné ni dîné avec lui. Je ne lui ai jamais rien demandé. Je ne vois pas quel mérite particulier me vaut cette distinction, même si elle est flatteuse. Certes, je pourrais refuser. Nous en discutons, Anne et moi. Refuser ? C'est prétentieux. On dira : « Mais pour qui se prend ce Bourdin ? Il n'est ni un Prix Nobel de littérature, ni un philosophe, ni un intellectuel engagé pour se permettre une telle bravade ! »

Et puis, je pense à mon père. Malgré ses 90 ans bien sonnés, il est encore vaillant. Fait prisonnier en Allemagne pendant la guerre comme de nombreux Français de sa génération, en son temps, il avait reçu la Légion d'honneur pour « faits de guerre ».

De plus, on m'apprend qu'à défaut de recevoir la distinction des mains d'une personnalité politique, le geste peut être accompli par un autre chevalier de l'ordre de la Légion d'honneur.

Alors oui, j'accepte. Pour mon père. Et c'est lui qui me la remettra.

Pas question, naturellement, d'une cérémonie coincée, de discours ampoulés, et encore moins de félicitations guindées. Ma remise de médaille aura pour cadre le restaurant d'un ami, Jean-Paul Arabian, Le Caméléon, à Montparnasse, devant une trentaine de personnes : la famille, une poignée de copains. Fermez le ban.

Un peu plus d'un an a passé depuis la soirée consacrée à Charlotte Rampling. Nous sommes à la rentrée 2012. Depuis le mois de mai, le président a changé. Le socialiste François Hollande a « délogé » l'UMP Nicolas Sarkozy. Ainsi en ont décidé les électeurs, ces « actionnaires de l'entreprise France »...

Quand il était candidat, François Hollande m'avait promis qu'une fois élu, s'il l'était, il viendrait dans nos studios. Depuis, je m'accroche à sa promesse. Il avait même accepté le principe de la formule de l'interview suivie du dialogue avec les auditeurs : le classique RMC/BFM TV, soit 40 minutes d'entretien en direct. Depuis, je talonne son chargé de communication. En vain. Christian Gravel est à François Hollande ce que Franck Louvrier était à Nicolas Sarkozy. J'avais croisé cet homme une ou deux fois quand il évoluait encore dans le sillage de Manuel Valls, lors des primaires socialistes.

Quelques semaines passent, sans réponse aucune à ma demande.

L'appel téléphonique arrive enfin : Gravel m'annonce qu'avant d'accepter, le président François Hollande souhaite me recevoir et discuter en tête-à-tête. Cette nouvelle me surprend. De plus, elle prend mes principes à contre-pied. À la tentation du refus s'oppose l'intérêt supérieur du groupe de médias auquel j'appartiens. Au moins, si j'obtenais la venue du président dans nos studios, je ne me serais pas rendu à l'Élysée pour rien...

On me donne rendez-vous le 23 octobre, à 19 heures. Impossible : Anne revient justement ce soir-là d'Irak, à l'issue d'un reportage éprouvant de plusieurs semaines. Elle a voulu aller filmer ce pays dix ans après l'invasion militaire de 2003. Son bilan est sans concession. Pas question de ne pas l'accueillir à l'aéroport. Je rappelle l'Élysée. Ce sera pour le lendemain, même heure...

Le 24, peu après 19 heures, c'est au volant de ma voiture que je franchis la grille d'honneur du 55 de la rue du Faubourg-Saint-Honoré.

Un garde républicain vérifie mes papiers d'identité, et me voici en train de faire crisser les pneus sur les graviers ! Quelle lugubre atmosphère ! En ce mois d'automne, la cour vide est plongée dans les pâles lueurs du crépuscule. Il bruine. Un huissier se précipite à ma portière, parapluie à la main. Je monte l'escalier d'honneur quatre à quatre, puis en emprunte un autre sur la gauche. Là, un autre huissier me guide vers un salon d'attente dont la porte s'ouvre bientôt. C'est François Hollande lui-même. Il a la poignée de main chaleureuse, le sourire qu'on lui connaît…

Nous nous installons sur deux fauteuils autour d'une table basse. Le président lance la conversation sur la situation intérieure du pays et l'action internationale de la France. Il m'interroge sur son action, sur les questions des auditeurs et semble assez fasciné par la spontanéité et la franchise, parfois rude, des questions posées à l'antenne.

De mon côté, j'avance sur le domaine international. J'espère le faire réagir à la seule évocation du nom d'Angela Merkel, de Barack Obama, de Vladimir Poutine… En matière de politique étrangère, Hollande n'est pas avare de confidences. Il avoue ne pas parvenir à établir un vrai dialogue avec Poutine. « Un mur », lâche-t-il, préfigurant le dialogue de sourds qui s'accentuera au moment de la crise syrienne. Je l'entends encore affirmer : « L'option militaire est impossible. Je ne ferai jamais en Syrie ce que Nicolas Sarkozy a entrepris en Lybie ! L'opposition n'y est pas structurée. On ne sait pas qui est qui, qui représente quoi. » Cela, c'était avant la polémique sur les gaz chimiques, à la suite de laquelle le président français rêvera de « punir Assad » sans destituer le régime syrien…

François Hollande reconnaît mieux comprendre la politique d'Angela Merkel en Allemagne. En revanche, il montre quelques réserves inattendues à l'égard de la personnalité de Barack Obama : « Contrairement aux apparences, m'avait confié Sarkozy, Obama n'est pas toujours facile ; il est régulièrement en retard. Il change souvent les rendez-vous. Il est même un peu froid. » C'est la seule fois que François Hollande évoque son prédécesseur, montrant une grande compréhension vis-à-vis de ce dernier, en référence aux retombées du G20 de Cannes un peu tendu.

L'heure tourne. Déjà trois quarts d'horloge. On n'a toujours pas mentionné le sujet pour lequel je me suis déplacé. La discussion est passionnante, mais je guette l'ouverture pour placer l'invitation sur notre antenne, le but de ma visite.

Finalement, François Hollande prend congé sur ces mots :
« Je vous donne mon accord. Je viendrai.
– Quelle date vous conviendrait ?
– Pas tout de suite. Plutôt en fin d'année. Décembre, dans deux mois.
– Je compte sur vous.
– Vous pouvez compter sur moi. Nous le ferons. »

Cette heure valait la peine, me dis-je, en retrouvant la voiture. Je suis heureux pour les auditeurs d'avoir obtenu ce rendez-vous.

Une vraie promesse, en effet... Toujours pas honorée depuis. Ce n'était pourtant pas une promesse de candidat. Mais de président !

11

Jusqu'où ira « Pepe Manuel » ?

« Pepe Manuel », c'est le dernier-né des surnoms attribués aux politiques. C'est celui de Manuel Valls, aux racines catalanes affirmées (né à Barcelone, le ministre de l'Intérieur se dit supporter du Barça, le club de Barcelone aux accents séparatistes[1]). Ainsi distingué, il rejoint la cohorte des « Babar » et « Flamby » pour François Hollande, « Iznogoud » et « Sarkoléon » pour Nicolas Sarkozy, « Bécassine » pour Ségolène Royal, ou encore « Sa Suffisance » pour l'ex-président Valéry Giscard d'Estaing... On est bien loin du familier « Tonton » pour évoquer la mémoire de François Mitterrand[2]...

C'est à Cécile Duflot, dont l'humour n'est pourtant pas la principale caractéristique, que Manuel Valls doit

1. Son grand-père a même composé l'hymne du Barça !

2. Pourquoi « Tonton » ? Certains affirment que c'était le nom de code que portait Mitterrand pendant la Seconde Guerre mondiale. Son ancien conseiller Gérard Colé, dans son ouvrage *Le Conseiller du Prince*, éd. Michel Lafon, paru en 1999, indique que ce surnom avait été donné à François Mitterrand par les agents chargés de sa sécurité afin de ne pas l'appeler « le Vieux ». D'autres expliquent ce choix par des impératifs plus « fabriqués » : en forte baisse dans les sondages d'opinion, il fallait trouver un surnom familier, qui rendrait le chef de l'État plus proche du peuple.

de rejoindre la galerie des sobriquets les plus folkloriques.

Comment la ministre du Logement en est-elle arrivée à comparer son collègue à l'enfant naturel de Soupalognon y Crouton, puissant chef d'un village d'Ibères insoumis, dans *Astérix en Hibernie* ? Tout simplement en forçant le trait du physique rubicond et du caractère bien trempé de Manuel Valls, qui le rapprochent du fameux héros de la BD. Pepe y retient souvent sa respiration et fulmine jusqu'à ce que son entourage cède à ses caprices...

Peut-être ainsi le ministre le plus populaire du gouvernement perdrait-il de sa superbe ? Il aura suffi de propos sur les Roms – soulignant l'« impossibilité, sauf pour quelques familles, d'intégrer ces populations dont les modes de vie sont extrêmement différents des nôtres » –, lâchés successivement sur France Inter et à mon micro, pour déclencher les foudres de l'opposition interne au ministre de l'Intérieur. Loin des ambitions et des défis affichés, cet amateur de corridas – et ce simple fait mérite un carton rouge aux yeux des Verts ! – est soudainement exposé à la bronca orchestrée, ces huées déferlant de l'arène... politique.

Sans surprise, entre la position « sécuritaire » de Manuel Valls et les flèches de Cécile Duflot, de Benoît Hamon, ministre délégué à l'Économie sociale et solidaire, et de beaucoup d'autres, le président de la République ne tranchera pas.

Seul le Premier ministre Jean-Marc Ayrault essaiera, en vain, de faire croire à un improbable *mea culpa* du premier flic de France, qui, lui, en profitera intelligemment pour se poser, avec un certain succès d'ailleurs, en victime d'une polémique exacerbée à son encontre.

En ce début 2014, trois personnalités dominent la politique française. Par ordre alphabétique : Marine Le Pen, Nicolas Sarkozy et Manuel Valls.

Quelques semaines après la première polémique autour des Roms, survient, en octobre 2013, l'expulsion de Leonarda, une lycéenne de 15 ans, vraie Rom et fausse Kosovare, au cours d'une sortie scolaire. L'expulsion maladroite exacerbe la couverture médiatique, mobilise des milliers de lycéens et provoque, tout de même, le retour anticipé du ministre d'un voyage officiel aux Antilles, confrontées à une vague de criminalité sans précédent. D'ailleurs, pourquoi Manuel Valls rentre-t-il plus vite et plus tôt ? Il avait fort à faire sur place, mais il a répondu aux ordres et il s'est laissé emporter par la tempête médiatico-politique.

Aurait-il, lui aussi, subi la dictature de l'émotion ?

Vincent Peillon, du haut de sa chaire de ministre de l'Éducation nationale, ne résiste pas à la tentation d'y aller de sa petite musique aux étranges intonations religieuses, évoquant la « sanctuarisation » de l'école. Quant à Valérie Trierweiler, la compagne du président, elle se laisse filmer expliquant qu'elle est « concernée, comme tous » par le sort de Leonarda… Bien plus loin dans la surenchère verbale, la gauche de la gauche brandit même le fantôme des « rafles » de sinistre mémoire.

Pour apaiser les esprits, je fais mienne la formule de Jean-Pierre Chevènement, qui fustige la « dictature de l'émotion ». Alain Bergounioux, historien du mouvement socialiste, lui-même cadre du PS, ose, en ces temps de réseaux sociaux débridés, parler de « dictature de l'instant ».

En l'espace d'un week-end, on a fait de Leonarda, d'abord victime d'un père réputé violent et que l'enquête administrative a révélé menteur et tricheur, la figure de proue de l'injustice des temps modernes ; la classe politique s'est enlisée dans une contradiction sémantique opposant la loi aux « valeurs de la République », valeurs ici sacralisées et par ailleurs défendues par les législateurs qui votent les lois et font les majorités parlementaires... Quel spectacle ! De la vraie téléréalité ! François Hollande qui prend la parole solennellement depuis l'Élysée et cette jeune fille de 15 ans qui répond en direct aux propos du président ! Pourquoi ne pas avoir organisé un duplex, tant qu'on y était ? On imagine le dialogue :

« Leonarda, voulez-vous revenir ?

– Je dois demander à mon père.

– Demandez-lui, nous sommes prêts à vous accueillir ! »

On ne peut qu'être confondu devant le commentaire vaguement moralisateur de Claude Bartolone, président de l'Assemblée nationale, transmis à l'opinion par Twitter :

La gauche ne saurait transiger avec les valeurs, sous peine de perdre son âme.

Certains « responsables politiques » socialistes n'ont pas hésité à accuser BFM TV et I-Télé d'avoir demandé à Leonarda de répondre au président. Pourtant, la parole présidentielle avait été mise en scène, préméditée : qui à l'Élysée pouvait naïvement penser qu'aucun journaliste ne chercherait à obtenir immédiatement la « réaction » de Leonarda ?

Au contraire, on se doit de prendre son temps pour parler du fond. La leçon de cette affaire doit aussi nous servir : ne nous laissons pas emporter par l'émotion, tâchons de rester lucides. Je préfère, de loin, l'attitude réfléchie de Martin Hirsch, ancien président d'Emmaüs France, qui fut aussi Haut-Commissaire aux solidarités actives. Car Hirsch n'a pas de leçon à recevoir en matière de traitement de la pauvreté ou en matière de droit d'asile et de droit des immigrés. Quand je l'accueille dans « Bourdin Direct », le 17 octobre 2013, au paroxysme de l'affaire Leonarda, il avoue d'entrée : « Je le dis honnêtement, j'étais plus touché par Lampedusa. »

Sans doute la comparaison – factuelle – ne s'impose-t-elle pas, mais, sur le plan médiatique, elle est une réalité.

D'un côté, des milliers de victimes naufragées dans des conditions atroces en Méditerranée, au large d'une île de poche italienne. De l'autre, une adolescente perdue et déracinée que l'on aurait dû d'abord éloigner d'un père déjà pointé du doigt par diverses enquêtes administratives.

Si le travail social avait été mieux conduit en amont, sans doute aurait-on pu éviter cette descente de police inappropriée lors d'une sortie scolaire! Et peut-être Leonarda serait-elle toujours en France, au collège...

Ce n'est pas la première fois que Manuel Valls suscite le tollé au sein de son propre parti. Celui-ci est sans précédent.

Quant à l'exploitation politique au-delà du gouvernement, elle a donné lieu à un repositionnement ultrapolitic ien. Classique!

Rien du côté de l'UMP, qui s'est contentée d'exhorter mollement François Hollande à sortir de son silence présidentiel. Seule Nathalie Kosciusko-Morizet, qui mène une campagne frontale contre Anne Hidalgo à Paris, a osé avancer un déroutant: «Il faut appliquer la loi, mais trouver d'autres solutions.» Quelle phrase vide de sens!

Rien non plus – ou si peu – du côté du Front national, pourtant si prompt à surfer sur les embarras de l'«UMPS», supposés complices, notamment sur la question de l'«immigration sauvage», un thème de mobilisation récurrent pour le FN. J'ai beau regarder de près, je ne relève qu'un «tweet» (là encore, il ne s'agit que d'un «tweet»!) de Florian Philippot, le numéro deux «frontiste», dans lequel il dénonce une «polémique purement artificielle dont l'objectif est de faire passer Valls pour un "dur". De la com' façon Sarkozy»... Une fois encore, on oblitère le fond.

Il faudra attendre deux jours pour entendre Marine Le Pen enfoncer des portes ouvertes en constatant que «cette famille n'a rien à faire en France». Facile: entrée illégalement en 2009, la famille avait été sommée de quitter le territoire après le rejet de ses demandes d'asile répétées !

Manuel Valls est-il un « dur » ? La question n'est pas nouvelle. La popularité de ce ministre repose sur ses convictions « sécuritaires ». Elle hante les fantasmes de la droite et met la gauche mal à l'aise, surtout quand l'immigration signe une ligne de fracture entre les plus idéalistes et ceux qui prennent à leur compte cet avertissement de Michel Rocard, alors Premier ministre de François Mitterrand : « La France ne peut accueillir toute la misère du monde », avait-il confié... en ajoutant : « mais elle doit en prendre sa part. »

Par le verbe et par l'action, Manuel Valls n'hésite pas à bousculer son propre camp. Arrivée aux affaires, la gauche « idéaliste » n'échappe pas aux réalités du terrain, d'où une certaine « schizophrénie » chez les plus engagés. Valls, partisan d'une certaine « realpolitik », en devient le parfait punching-ball. Après l'offensive estivale l'ayant obligé à marteler ses déclarations militantes au congrès du PS sous forme d'actes de foi répétés (« Je suis de gauche, je suis socialiste »), le ministre est attendu au tournant plutôt deux fois qu'une.

Son style irrite jusqu'à Matignon. Jean-Marc Ayrault n'a de cesse de cadrer et recadrer, en vain, celui que beaucoup n'auraient aucun mal à imaginer endosser à sa place le costume de Premier ministre... Manuel Valls n'hésite pas à répéter qu'un ministre « n'est jamais fatigué ». Ou l'art d'occuper finement l'espace médiatique. Le ministre est même allé jusqu'à s'offrir le luxe d'un discours de politique générale lors d'un déplacement en Camargue, à la veille d'une intervention télévisée du chef de l'État.

Un train déraille à Brétigny, Valls est là. Trappes s'enflamme, Valls déboule. L'islam radical menace, Valls prêche la paix civile : « La sécurité n'est ni de droite ni de gauche. » Il n'est jamais lassé d'asséner ses vérités en parfait fédérateur des Français (qu'il entend devenir). Quant aux Roms, Manuel Valls est le premier à voler au secours des maires – souvent socialistes – dépassés par les camps nomades installés durablement à l'orée des villes... Au mépris, parfois, des interdits.

Bref, Valls est partout. Entre deux déplacements, il réussit même à embrasser son épouse sur une double page de *Paris Match* ! Résultat de cette omniprésence contrôlée : il grimpe dans les sondages. Il est dans la transgression permanente au service de son inépuisable ambition. Mais il n'a pas changé : il a toujours prôné la fermeté en matière de sécurité et d'immigration ; il veut déverrouiller les 35 heures et n'est pas opposé à la TVA sociale. « Un rocardien contaminé par les idées du FN », dit de lui Jean-Luc Mélenchon.

Manuel Valls bouscule les clivages. Cette différence est à la source de sa popularité. Mais il a, comme tous les ministres de l'Intérieur, une épine dans le pied : Marseille ! La France, médusée, en a eu la preuve après sa grande interview de rentrée dans notre studio de BFM TV, à la fin de l'été 2013.

J'aime recevoir Manuel Valls au micro. Parce que, contrairement à tant d'autres, il répond vite, clairement, et sans faux-semblants. Avec lui, c'est « oui » ou « non ». Jamais « oui, mais »... De plus, je sais que l'affrontement ne le gêne pas. Il fait partie de ces personnalités qui sortent renforcées après un entretien musclé. Ceci est d'autant plus remarquable que tant d'autres fuient le débat. Ils ont tort : même s'ils le redoutent, leur intérêt est toujours de se montrer à la hauteur des attentes du public.

La plupart esquivent l'invitation. Six fois sur dix, Isabelle, la journaliste qui travaille avec moi sur la préparation de mes rendez-vous politiques, n'obtient aucune réponse. Il faut relever cette impolitesse notoire, ce mépris du grand public de la part des « grands » élus. Par exemple, il est impossible de joindre Christiane Taubira, la garde des Sceaux ! Et il en va de même pour des personnalités de droite.

Bref, quand on tient un interlocuteur tel que Manuel Valls, on a tendance à vouloir lui braquer la caméra dans les yeux.

L'homme se dit lui-même « ambitieux » : l'occasion est trop bonne de savoir jusqu'où.

Juste avant l'été, Manuel Valls avait tiré le rideau de la saison politique, qui avait été longue, sur nos antennes. Je n'étais pas en forme. J'étais mou. Je l'avoue. J'avais mal conduit l'interview. Alors, oui, j'avais voulu nous donner une nouvelle chance, en réussissant notre rentrée. Je dis « nous », « notre », parce qu'une interview de ce genre se joue à deux. Elle se réussit ou se rate à deux. Pour Manuel, « torero » d'arène politique, c'est un « mano a mano »... Et là, j'ai été servi au-delà de mes espérances.

Que l'on s'en souvienne : le 20 août 2013, Marseille enterre une treizième victime de sales règlements de comptes en six mois. « Marseille, cité meurtrie », titre *Libération*. « Marseille, minée par les trafics de drogue », écrit *Le Figaro*, « Marseille désemparée », prolonge *La Croix*. « Marseille en état de guerre », relance, un brin provocateur, le site du *Nouvel Observateur*. C'en est trop. Manuel Valls, le ministre de l'Intérieur, s'emporte, annonce d'un ton martial à mon micro qu'il descendra lui-même parrainer l'arrivée de nouveaux renforts de police. Il s'exprime avec l'autorité d'un « père de la nation ». Sa déclaration fait mouche dans l'opinion. Elle est aussi reçue comme une provocation à Matignon. Pas question, juge-t-on dans l'urgence, de laisser à Valls le rôle du « Batman », ainsi qu'ironisera un collectif marseillais pour commenter la mobilisation soudaine d'un commando de six ministres largués sur la ville dans le sillage de Jean-Marc Ayrault.

Valls est certes de la partie, mais Taubira aussi. Flanqués de Cécile Duflot, sans oublier Marisol Touraine et la régionale de l'étape, Marie-Arlette Carlotti. On peut dire que le ministre est bien encadré, à défaut d'être « recadré ».

Pour le Premier ministre, l'occasion est trop belle de rappeler que le « patron », c'est lui.

Cette « balade des balles, puis des ministres, puis des balles » – c'est ainsi que les Marseillais qualifient la spectaculaire « descente » ministérielle – m'inspire deux remarques.

D'abord, la réponse de Matignon souligne la force d'une interview télévisée qui a montré un caractère bien trempé. C'est inédit. Pour la première fois, un chef de gouvernement s'est cru obligé de surenchérir « à chaud » les propos de son ministre, et ce, sur la lancée même du « direct télé ». L'impact a été démultiplié. Cette conséquence dans l'action concrète, c'est mieux que n'importe quel audimat !

Cependant, la « descente en force » passée, reste la situation alarmante de Marseille. Et là, on ne peut pas dire que l'on n'est pas dans le « grand spectacle », les mouvements de manche, de jugulaire et de menton, ou l'esbroufe...

Dès son arrivée sur le terrain, dans le registre qu'on lui connaît, et pour ne pas céder le premier rôle à Christiane Taubira, Manuel Valls a d'abord fustigé fermement la municipalité en place.

Jean-Claude Gaudin tient les clés de la ville depuis dix-huit ans... et il en redemande. Incroyable, mais vrai : à 75 ans, ou presque, cet édile se remet en selle pour un nouveau mandat lors des municipales de mars 2014 ! On a du mal à comprendre une telle longévité dans une ville aussi tumultueuse. Au passage, pourquoi ne pas limiter à deux mandats consécutifs l'exercice du pouvoir municipal ?

Pour moi, Jean-Claude Gaudin est l'incarnation des dérives du « carriérisme » politique. Pour les « seniors » de la vie publique, la retraite ne sonne pas à 65, 67 ou 70 ans. Ce n'est d'ailleurs pas seulement une question d'âge, mais aussi de rigueur morale et de vigueur physique. Une telle ville doit être prise à bras-le-corps. Après de si longs mandats, comment résister aux influences, aux amitiés plus ou moins serviles, aux réseaux plus ou moins influents, aux pièges des services rendus ? Il me semble que la limitation du nombre de mandats devrait s'imposer. Dix ans, ça suffit ! Disons douze, le temps d'un double mandat de maire.

Depuis longtemps, Marseille est le laboratoire du laisser-aller de la politique française. De sa médiocrité.

Que l'on ouvre enfin les yeux : depuis de nombreuses années, les ministres s'y succèdent, la valse des préfets et des responsables de la sécurité publique envoie les têtes galonnées sur la touche, les discours enflammés suivent les promesses martiales, et les règlements de comptes s'amplifient, sans que ne cessent jamais les trafics.

Marseille est la seule ville de France où, pour un poste à pourvoir à la mairie, le syndicat Force ouvrière fait le casting... Comment, dans ces conditions, ne pas présenter sa carte syndicale à l'appui d'un curriculum vitae, le fameux « CV » qui fait office de sésame ?

Ce système avait été mis en place par Gaston Defferre au summum de son omnipuissance. Gaudin n'a fait qu'en perpétuer l'usage, avec la bénédiction du sénateur Jean-Noël Guérini, mis en examen dans trois affaires judiciaires et, par ailleurs, président du Conseil général des Bouches-du-Rhône depuis trente ans ! Pour Gaudin et Guérini, le service public, c'est d'abord du service « perso » !

Pauvre ville de Marseille ! On a encore pu le constater lors de l'affligeante organisation de la primaire du Parti socialiste, censée offrir une alternative crédible à Jean-Claude Gaudin. Deux candidats sur six étaient soutenus par Jean-Noël Guérini : Samia Ghali, l'atypique « gamine des quartiers nord » aux forts coups de gueule, et Christophe Masse, une sorte de faire-valoir au caractère détrempé. Les Marseillais ont tout entendu, même l'arrivée possible de drones pour surveiller la ville !

« Mes diplômes, je les ai gagnés dans la rue ! » n'a cessé de clamer Ghali au nez même des ministres. Marylise Lebranchu, ministre de la Fonction publique, n'oubliera pas de sitôt son : « Ministre ou pas, je m'en fous moi ! »

Lorsque Samia Ghali a demandé l'intervention de l'armée dans les quartiers nord de Marseille, elle a fait du Valls sans le savoir (ou le vouloir, ce qui n'est pas sûr), ce qui ne lui a pas valu que des amis dans les sphères ouatées de la rue Solférino, siège du PS à Paris. Pas étonnant que Marie-Arlette Carlotti, sa rivale malheureuse et candidate du gouvernement, lui ait reproché d'avoir mis en place une « organisation paramilitaire » pour inciter à aller voter au premier tour. Effectivement, des bus allaient chercher les votants. Ils se voyaient remettre un bulletin « Samia Ghali » et le reçu d'un euro acquittant le droit de voter aux deux tours... Il est tout aussi vrai que Patrick Mennucci, l'autre finaliste, soutenu quant à lui par les caciques du Parti socialiste, s'est vu accuser d'utiliser les mêmes ficelles.

« Voilà, ça, c'est Marseille », concluent, fatalistes, les augures du PS.

Samia Ghali a beau jeu de rétorquer qu'elle a dû subir l'implacable loi de Paris, elle qui défend les quartiers délaissés de Marseille, mais habite l'arrondissement le plus résidentiel de la ville.

La fibre anti-parisienne n'est pas innocente à Marseille, et pas seulement pour souligner l'hostilité sportive entre le

Paris Saint-Germain et l'Olympique de Marseille. Elle est ici clairement « sociétale », comme il est d'usage de le dire chez les savants communicants qui affûtent et affinent tant de discours politiciens.

Si Jean-Marc Ayrault a fini par entrer dans la bataille électorale locale, intimant à Carlotti l'ordre de se taire, Manuel Valls, lui, s'est bien gardé d'entrer dans la mêlée. Il est vrai qu'il avait déjà l'affaire Leonarda sur le dos.

Carlotti est vite rentrée dans le rang. On ne l'a plus entendue. Pour sauver son poste de ministre, elle s'est tue. Manuel Valls a supervisé le tout du coin de l'œil, se disant sans doute que Marseille restait à surveiller, étape critique sur le chemin tortueux de ses ambitions.

Le jour de la grande descente ministérielle à Marseille, lors de son interview matinale sur RMC/BFM TV, on aurait juré qu'il était déjà entré dans l'habit d'un Premier ministre.

Je ne suis pas le seul à avoir eu cette impression, puisque Jean-Marc Ayrault s'est empressé de siffler la fin de la récré. Preuve qu'il a éprouvé le besoin de reprendre la main.

Alors, je m'interroge. Où va Manuel Valls ? Et jusqu'où peut-il aller ?

Certes, cet homme déstabilise toute la classe politique. Certes, son « parler vrai » lui vaut les sympathies du grand public. Certes, les sondages le portent à plus de deux tiers d'opinions favorables, alors qu'il n'avait glané que 6 % des voix lors de la primaire socialiste à l'élection présidentielle de 2012… Certes, son ambition porte au-delà de Matignon. Il se voit mieux qu'un « recours ». Mais comment s'y prendrait-il ? Comment briguer la place de postulant à l'Élysée en 2017 ?

Ses concurrents voient en lui un « frère ennemi » de Nicolas Sarkozy, dont il adopte les mêmes postures et trahit les mêmes impatiences. Comment, dès lors, pourrait-il rassembler son camp autour de son nom ?

Et si Manuel Valls s'était trompé de famille ?

Et si « Pepe Manuel » l'avait rendu « prisonnier » de son personnage ?

Et si… Et si…

Et s'il visait 2022 !

12

Popu, populaire, « populiste »

En septembre 2013, je reçois un appel téléphonique de la radio France Culture :

« Monsieur Bourdin, accepteriez-vous de fêter avec nous les 50 ans de notre station ?

– Avec plaisir. Comment souhaitez-vous m'y associer ?

– Très simplement. Nous sollicitons un certain nombre de confrères en vue d'un petit salut amical. »

Je n'hésite pas une seconde. France Culture n'est pas seulement une station de radio réputée à juste titre, mais elle m'est aussi familière. Je connais bien ses programmes que j'écoute plutôt le week-end, en vacances, et particulièrement quand je décompresse dans mes Cévennes.

Mes vœux de prospérité à son égard vont donc de soi. Ils sont sans emphase : « Beaucoup de succès à France Culture et à sa matinale. » J'en profite pour saluer le travail de son équipe, précisant qu'il m'arrive de m'inspirer de quelques sujets passés à l'antenne, un hommage soulignant que cette radio qui représente le service public français aide à progresser, à réfléchir…

Mes mots sont simples, de bonne confraternité. Rien de pontifiant ou de péremptoire. Pourtant, c'en est déjà trop pour le microcosme, dont les « snipers » tirent à vue dans l'anonymat protecteur du Net : « Comment ce franchouillard populiste peut-il être en ligne avec France Culture ? » s'étonnent beaucoup.

Ceux qui déplorent m'entendre sur l'antenne d'une radio aussi qualitative que France Culture ou enragent de ces simples vœux devraient écouter RMC plus souvent, au lieu de ranger automatiquement notre station au fond d'un tiroir « à ne pas ouvrir » sous peine d'en voir jaillir les cris du peuple et ces odeurs nauséabondes qui font le lit du « populisme » tant décrié, parfois de manière caricaturale et simpliste. Ces voix sont dans le déni d'une France en rupture avec ses élites, et même avec de simples repères.

Combien de fois au cours de ma carrière ai-je entendu cette litanie d'accusations ! Dans mes archives, j'ai retrouvé un article pour le moins sentencieux de l'hebdomadaire culturel *Les Inrockuptibles*, le magazine le plus « in » et le moins « rock » du Paris des bobos cyniques et désabusés. Je lis : *RMC, que reste-t-il du journalisme ?* Ce titre est suivi d'une petite leçon de texte en sept ou huit lignes… En voici, pêle-mêle, les piètres arguments :

L'élément clé du succès, c'est la libération de la parole […] RMC fait témoigner des personnes précaires […] Tel retraité raconte sa survie avec quelques centaines d'euros mensuels, telle caissière évoque son unique repas quotidien […] Ce fut la première radio à faire témoigner des musulmanes voilées ! Des tabous tombent, les opinions sont souvent mal argumentées, pas mal de vulgarité…

Quelques semaines plus tard, l'auteur de ce constat unilatéralement à charge se retrouve face à Frank Lanoux, directeur général du groupe, sur le plateau de télévision de France 5. Son leitmotiv : « RMC, de la démagogie ! » Pour lui, donner la parole est « démagogique ». J'avais envie de répondre: «Et voter, c'est démagogique?» Drôle de procès...

Donner la parole, écouter attentivement l'auditeur, s'efforcer de percer son mal-être pour mieux le comprendre, témoigner des satisfactions autant que des frustrations, voilà la noblesse de notre métier. À mon micro, je ne suis ni plus ni moins qu'un intermédiaire à l'écoute, prenant le pouls de la société pour livrer son reflet tel qu'il est, sans apprêt, sans mise en scène. Je suis un «passeur de plats». Je transmets. Avec fidélité et respect. Et c'est déjà pas mal. Chez moi, aucun «Photoshop», ce logiciel servant à embellir la photo quand la réalité ne correspond pas à ceux qui la rêvent autrement ou aux formats de l'air du temps...

Rendez-vous compte: nous osons mettre à l'antenne et faire parler chômeurs, retraités, banquiers, chefs d'entreprise, femmes seules, petits employés, sympathisants de tous les partis politiques et même des sans-abri. Horreur absolue: des femmes voilées!

Je pourrais parfois être piqué au vif par cette litanie de critiques. Mais non, je préfère me jouer de toutes ces inepties et ces procès d'intention. Se plonger dans l'univers impitoyable des sites Web, blogs et forums divers n'est pas une promenade sans danger. Mais ce n'est pas une raison pour les ignorer. Au contraire: l'exercice peut se révéler instructif.

Il m'est souvent arrivé de trouver sur la Toile des échanges certes virulents, partisans, mais aussi intelligents, parfois bouleversants, voire réfléchis. La même vaste gamme aux riches tonalités, d'ailleurs, que les témoignages diffusés le matin sur RMC.

Je vous ferai grâce de certaines perles émanant de comptes Facebook ou de viles griffures lâchées sur Twitter, ce réseau qui vise à collecter et à diffuser des propos aussi vifs que synthétiques. Là, les accusations de «populisme» et de

« démagogie », toujours les mêmes – décidément, mes détracteurs manquent d'originalité ! –, pullulent…

Même le respectable quotidien généraliste *Le Monde*, référence des médias en France, s'est mis de la partie, par le biais de *M*, son magazine hebdomadaire du week-end.

Le 10 octobre 2013, un long portrait m'était consacré sous le titre à la fois mystérieux et élimé : « Jean-Jacques Bourdin, le vengeur des ondes ».

Vengeur ? Mais au nom de qui, de quoi ? Si, comme il est possible de le penser de prime abord, l'allusion fait référence au héros Zorro, « le vengeur masqué » de notre enfance, c'est ennuyeux, car je préfère avancer sans masque…

Pour l'auteur de l'article, ancien journaliste sportif comme moi, « Bourdin, c'est la voix de la France qui grogne, celle des mutins solitaires qui pestent en écoutant leur autoradio dans les bouchons, celle des « tout-fout-le-camp » ! « Grogne », « mutins », « solitaires », « pestent », « bouchons »… Que de clichés en si peu de lignes ! Pas joli, joli, le portrait ainsi sommairement brossé de nos auditeurs !

Il aurait été intéressant et fair-play de contrebalancer ce tableau par une touche positive, et non des moindres : celle d'une France « qui se bouge », qui se bat tant bien que mal contre les idées reçues, la passivité et le conformisme ambiant si gênant, si contagieux… Mais un portrait de Jean-Jacques Bourdin se doit d'aligner les stéréotypes ! Que les journalistes sont suiveurs et peu originaux !

Sur notre antenne, nous osons dire tout haut, ou laisser dire (mais toujours dans le respect de la loi et sans excès), ce qui est le plus souvent tu par crainte de mauvaise expression ou de « politiquement incorrect ». La parole est parfois maladroite, mais toujours franche.

Je m'emporte contre la mainmise des communicants qui rôdent dans le sillage des leaders d'opinion ou prétendus tels, considérés comme des «poisons pour la démocratie», pour reprendre le commentaire d'Edwy Plenel, ancien directeur du *Monde* et créateur du site Internet Mediapart, celui-là même qui a dévoilé l'affaire Cahuzac et le scandale UBS. Entre autres... Je m'emporte contre les politiques qui, depuis trente ans, nous répètent en chœur que «les taxes et les impôts, c'est toujours pour notre bien».

La lecture de ce long portrait du *Monde* n'en finit plus de me réserver des surprises. D'abord, j'apprends que je suis une «marque», une «tête de gondole»... Autrement dit, un produit de grande consommation. Serait-ce un compliment retors faisant référence à mon succès? L'auteur prétend qu'avant d'arriver à RMC, je «végétais» dans un «placard» à RTL. Il me campe en «petite vedette poussée sur la touche à 50 ans», alors qu'un simple effort d'enquête – la moindre des choses quand on rédige un portrait – lui aurait permis d'apprendre qu'à 50 ans, sur RTL, première radio de France, je présentais le journal de 13 heures ainsi qu'une grande première (devenue emblématique) en matière d'émissions grand public: «Les auditeurs ont la parole». En tout, une heure et demie de direct dans une tranche de grande écoute sur la première radio de France. C'est cela, «être sur la touche»?

Une bonne fois pour toutes, qu'on me laisse rétablir quelques vérités qui contredisent les phrases toutes faites arrangeant les récits non fouillés de ceux qui prétendent rédiger mon «portrait». J'ai quitté RTL un début d'après-midi de septembre 2000. La direction générale, alors tenue par Stéphane Duhamel, conduisait l'énorme paquebot vers de dangereux récifs. Duhamel m'avait doctement expliqué que l'interactivité, dont j'étais, avant l'heure, le garant, n'avait aucun avenir à la radio! Quelle lucidité! Il avait déjà eu la bonne idée de renvoyer l'animateur ultrapopulaire Philippe

Bouvard avec le résultat que l'on sait: en quatre mois de «jeunisme» à marche forcée, l'audience avait chuté de 25 %. Une véritable catastrophe industrielle...

Ce dernier entretien avant ma démission est resté clair dans ma mémoire. Vous avez bien lu «démission», et non «licenciement»... Nous étions trois dans le bureau du directeur financier. Il y avait avec moi le directeur de l'information, Olivier Mazerolle, que j'ai retrouvé bien plus tard à BFM TV. En quelques minutes seulement, et après vingt-cinq années de bons et loyaux services, la séparation a été actée dans une atmosphère glaciale. Même Mazerolle, pourtant journaliste, un confrère donc, n'a pas eu un mot chaleureux pour relever l'ambiance, «sauver l'honneur». Je n'ai plus eu ensuite qu'à rejoindre mon bureau, rassembler quelques affaires et m'éclipser.

Dehors, un peu sonné, j'ai respiré un grand coup, mais je me sentais déjà porté par un vent d'indépendance.

J'en ai voulu quelques années à Olivier Mazerolle, mais la rancune s'est estompée, même si nous ne nous sommes jamais expliqués sur cet accident de parcours qui aurait pu briser net ma carrière. À 50 ans, démissionnaire – décision qui avait été prise contre l'avis de tous mes proches –, j'avais choisi la liberté sans négocier la moindre indemnité. Pourtant, avec une telle ancienneté, le jeu en aurait sans doute valu la chandelle! Cette précision factuelle n'aurait pas été malvenue dans l'article de *M le magazine du Monde*...

Cette indépendance m'a coûté cher, mais je n'ai pas de regret, car ce sentiment n'a pas de prix. D'accord, je me suis rétabli depuis, et c'est à Alain Weill que je dois mon retour sur les ondes. La suite, on la connaît.

Ainsi que rapporté dans l'article de *M*, voici comment le président de notre groupe qualifie nos rapports, après que nombre de journalistes lui ont demandé de s'expliquer sur ce sujet : *Jean-Jacques est quelqu'un qui n'aime pas l'autorité. J'ai donc décidé de ne plus être son patron, on est devenus amis. C'est beaucoup plus simple.*

Voici l'essentiel : mon énergie est décuplée quand je suis libre, et c'est l'inverse si l'on s'entête à vouloir m'imposer des choix éditoriaux contraires à mes convictions. Je ne dis pas que j'ai toujours raison. Je me trompe, il m'arrive d'être d'une grande mauvaise foi, mais j'avance toujours avec détermination. Je défends ardemment mes positions et ne me force jamais à accepter l'inéluctable.

J'ai souvent entendu dire que ce trait de caractère faisait écho à l'opiniâtreté dont l'ex-président Nicolas Sarkozy a fait une force. Je ne le connais pas personnellement, ainsi que vous l'avez lu dans ce livre, mais je l'ai croisé plusieurs fois professionnellement. C'est vrai qu'il puise son énergie dans l'adversité, qu'il a besoin d'un mur pour lui renvoyer la balle qu'il frappera plus fort encore. Il a besoin d'imaginer une situation, de créer un environnement fictif, de mettre en scène des personnages qui lui seraient hostiles pour pouvoir aller au combat. Relisez ses discours, ses interviews, et vous comprendrez.

Ce caractère fort, revendiqué comme par bravade, cache-t-il des faiblesses ? Peut-être aimerait-il simplement qu'on l'aime.

Les contorsions et numéros de séduction des personnalités politiques me laissent insensible. Le plus agile, d'ailleurs, en matière de contorsions, me semble être le président François Hollande. Sa maîtrise de cet art semble sans égale : le président donne à chaque interlocuteur le sentiment qu'il est écouté. Tous ceux qui ressortent d'un tête-à-tête avec lui ont la conviction d'avoir été entendus. Y compris moi, à propos de ce face-à-face télé jamais honoré.

Pardon pour la périphrase sportive, mais sa manière de changer constamment de pied, de « dribbler » ses adversaires (et partenaires), doit lui rappeler les années de foot où, junior, il s'essayait au poste d'ailier (droit).

Qui connaît réellement les convictions du président François Hollande ? Est-il capable de tracer pour la France un autre destin que son destin personnel ?

Il avait promis de « chasser la finance », il ne l'a pas fait. Il se déclare ami des patrons, le lendemain, il leur inflige une taxe. Des lycéens descendent plus ou moins spontanément dans la rue pour protester contre l'expulsion d'une lycéenne dont la famille est en situation irrégulière, le voilà qui intervient.

François Hollande est à l'aise dans le compromis. Est-ce son amour du foot qui le fit recevoir les dirigeants des clubs professionnels dans l'affaire de la taxe à 75 % ? Il gouverne en fonction de calculs politiciens précis. Il a laissé les écologistes menacer de quitter le gouvernement et les communistes s'époumoner contre la politique de ce dernier, sachant que tous avaient besoin du PS aux municipales prochaines.

Qui conseille le chef de l'État aujourd'hui ? Quelle influence sa compagne, Valérie Trierweiler, de tweets bien choisis en petites phrases habilement « fuitées », exerce-t-elle véritablement sur le libre arbitre du président « normal » ?

À trop vouloir surfer sur le registre de l'émotion, de l'ultra-instantané, et gagné par la contagion des sondages d'opinion à répétition, le président a érodé sa fonction d'arbitre suprême au-delà des partis.

Il a pourtant longtemps travaillé aux côtés de François Mitterrand. Jean-Noël Tassez m'a confié la repartie pleine de sens du premier président socialiste de la Vᵉ République, lors d'un séjour chez ce dernier, à Latche, sa maison des Landes. Après le repas, à l'heure du café, les invités du président se reposent à l'ombre d'un chêne :

« Quelle est la principale qualité d'un homme d'État ? » lance Jean-Noël Tassez entre deux gorgées de café. Silence. Rompu par François Mitterrand qui répond : « L'indifférence... » Nouveau silence. Il n'en dira pas plus. J'invite François Hollande (et d'autres) à méditer cette leçon de sagesse.

Certaines personnalités, colportent les mauvaises langues, viendraient sur RMC « radio populo » à contrecœur... Des confrères cèdent aussi à cette accusation facile. J'entends parfaitement Jean-Michel Aphatie, mon collègue sur RTL : « Jean-Jacques Bourdin, c'est un très bon pro qui sent les sujets, mais son défaut est de croire qu'il est plus important que ses invités... Les journalistes ne sont pas grand-chose. » Eh oui, pas grand-chose...

Mais comment Jean-Michel Aphatie, qui cumule interviews, chroniques et commentaires à la radio, à la télévision, sur son blog, conçoit-il le « pas grand-chose » ? Soyons honnêtes, que ce soit lui, l'ancien garçon de café, ou moi, l'ex-VRP, nous faisons partie, l'un comme l'autre, du même monde que ces élites, que tous les populistes détestent.

Au lendemain de la parution de l'article de *M le magazine du Monde* censé brosser un portrait « objectif » du « vengeur des ondes », j'ai pu lire de nombreuses réactions, le plus souvent (très) peu nuancées. Ainsi celle d'Éric Thuillier, un blogueur associé au *Monde* que je ne connais pas :

J'ai parfois la malchance qu'un collègue me mette RMC dans les oreilles. Ce n'est pas seulement affligeant, c'est répugnant. La grasse rhétorique d'un Bourdin qui se barde d'une liberté d'expression dont il est l'un des meilleurs fossoyeurs est absolument écœurante.

Quelle politesse ! Quelles amabilités ! Si ce monsieur avait le désir de s'exprimer sur RMC, justement, je lui ouvrirais l'antenne. Il serait le bienvenu, car je n'ai jamais hésité à laisser parler celles et ceux qui nous vilipendent. Ils ont tous en commun, comme c'est étrange, de ne pas écouter RMC ! Mais qui sont ces contempteurs ? Appartiennent-ils à cette classe de « bobos » définie par l'essayiste Alain Finkielkraut dans son ouvrage *L'Identité malheureuse*[1] ? Ceux-là mêmes qui plaident pour l'ouverture des frontières alors qu'ils vivent dans des ghettos dorés et qui inscrivent leurs enfants dans des écoles socialement et « ethniquement » homogènes ?

Venons-en au cœur du « problème », à l'objet de toutes les jalousies : notre succès. Pourquoi RMC connaît-elle un tel succès ? En premier lieu parce que les citoyens en ont assez que l'on pense à leur place, qu'on les matraque de consignes de vote élaborées par des états-majors politiques trop éloignés du réel. La population se détourne de la politique et fait progresser l'abstention, ou alors, le vote sanction... Au moins, la « libre parole » exprimée sur notre antenne permet-elle d'éveiller l'attention, de débattre sans tabou, d'anticiper les messages du peuple.

Oui, je revendique le droit de parler au peuple et de parler du peuple. Car dans le climat de défiance actuel – or, démocratie exige confiance –, le citoyen déboussolé a un besoin vital de s'exprimer. Le priver de parole reviendrait à accélérer sa mise à l'écart et à nourrir les haines.

Trop souvent, politiques, universitaires et autres représentants des élites voient dans le citoyen lambda une source de danger.

---

1. *Cf.* Alain Finkielkraut, *L'Identité malheureuse*, Stock, octobre 2013.

Le plus bel exemple est le référendum du 29 mai 2005 sur le traité établissant une constitution pour l'Europe. La question posée est celle-ci: «Approuvez-vous la ratification établissant une constitution pour l'Europe?» La réponse des Français est claire: non, à 54,68 % des suffrages exprimés. Devant ce rejet, les gouvernements européens préparent en 2007 le traité de Lisbonne, qui reprend les principaux éléments de cette constitution. Comme le souligne alors l'ancien chef de l'État français Valéry Giscard d'Estaing, «les outils sont les mêmes. Seul l'ordre a été modifié dans la boîte à outils. La boîte elle-même a été redécorée». Pas de nouveau référendum, mais un nouveau traité ratifié par la voie parlementaire.

Ce tour de passe-passe servira d'argument aux adversaires de l'Union européenne lors des prochaines élections européennes.

Le mot «populisme» est galvaudé. À en croire Edgar Morin, ce terme perdrait toute signification et empêcherait tout diagnostic. Et pourtant, ce mot a un sens: il met en accusation les élites, désigne des boucs émissaires juifs, francs-maçons, musulmans, que sais-je encore?, flatte la grandeur et l'indépendance de la nation et lutte contre le pouvoir «anonyme» de l'argent...

Le populiste s'exprime au nom du «peuple» contre «le système», plaide pour l'État providence face à l'impérialisme des grandes multinationales et assujettit le citoyen à un guide qui, du sommet de l'État, communie avec le peuple et incarne le pouvoir. Ces guides se sont appelés Hitler (*der Führer*), Mussolini (*il Duce*), Franco (*el Caudillo*), ou encore Fidel Castro (*el Líder máximo*)...

En relisant les définitions les plus marquantes du terme «populisme» me sont venues en tête les réflexions d'un professeur à Sciences Po Aix-en-Provence. Dans son livre[1] précieux, le sociologue Raphaël Liogier rejoint les analyses du philosophe Jacques Rancière, qui définit ainsi le populisme actuel : appel direct au peuple, dénonciation des élites corrompues, rejet des étrangers et défense de l'identité nationale.

Comme l'écrit Raphaël Liogier, la vraie ligne de fracture « n'est plus entre la gauche et la droite mais entre une mouvance populiste qui circule à droite comme à gauche et ceux qui résistent à cette tendance de fond ».

Rappelons que le « populisme » n'est pas l'apanage des temps troublés d'aujourd'hui. Il remonte au XIXe siècle.

En Russie, les « *narodniki*[2] » sillonnaient les campagnes dans le but d'ameuter les populations pour renverser le tsar. Ils rassemblaient les villageois et créaient de petites communautés autonomes qui s'agrégeaient en confédérations. En 1881, le tsar Alexandre II y laissa la vie.

À la même époque, aux États-Unis, ouvriers et agriculteurs manifestaient ensemble contre le développement des grandes compagnies de chemin de fer. Celles-ci réquisitionnaient les terres et sous-payaient une main-d'œuvre traitée à la dure. La jeune Amérique a donc grondé et s'est révoltée.

En France même, nul n'oubliera l'odyssée du « boulangisme », une lame de fond d'inspiration nationaliste dont le héraut, le général Boulanger, se mua tragiquement en un antihéros se suicidant sur la tombe de sa maîtresse !

Ces quelques exemples suffisent à souligner combien l'expression, si souvent employée dans l'histoire, est vide de sens aujourd'hui.

Un dernier commentaire que j'emprunte à la sociologue et spécialiste du FN, Annie Collovald, qui, dans un essai

1. *Cf.* Raphaël Liogier, *Ce populisme qui vient*, Textuel, septembre 2013.
2. Traduction russe littérale de « populistes ».

remarqué[1], n'a pas esquivé le débat: «Les intellectuels, commentateurs, analystes, experts en tout genre, tous savants mobilisés, délégitiment ceux pour qui le peuple est une cause à défendre, au profit de la légitimation de ceux pour qui le peuple est un problème à résoudre.»

Il est vrai que, face à une telle équation, les partis traditionnels qui ont eu leur heure de gloire en se défiant bloc contre bloc (UMP et alliés face au PS et ses propres alliés) semblent désarmés.

Quand le Front national a commencé à conquérir les esprits, tous les autres partis, comme la plupart des journalistes, ont pudiquement détourné la tête.

Le comble, c'est l'habitude hypocrite qu'ils ont tous de se rejeter à la figure la responsabilité de la lame de fond «couleur Marine», dont les prémices affolent nombre d'acteurs de ces hautes sphères du pouvoir. Sempiternels débats entre le chef de la majorité et le chef de l'opposition, Jean-Marc Ayrault et Jean-François Copé, qui se renvoient la balle FN. Ce débat stérile se retourne contre les artificiers de la parole publique.

On ne leur demande pas de critiquer à l'unisson le phénomène observé (Marine Le Pen ou Jean-Luc Mélenchon, taxés l'un et l'autre de «populisme» de droite ou de gauche), mais de mettre en évidence les raisons scientifiquement et politiquement fondées qu'il y a de s'en détourner.

Il est bien plus facile de les désigner comme les suppôts des «excès de la démocratie». Je l'ai lu. Comme si l'on pouvait se permettre d'être en «excès de démocratie»!

Pendant que ces joutes illusoires préfigurent autant d'impasses, nos préfets n'en finissent plus de produire des rapports soulignant la multiplication des insatisfactions populaires.

1. *Cf.* Annie Collovald, *Le «Populisme du FN», un dangereux contresens*, éditions du Croquant, 2004.

La bataille contre l'écotaxe, notamment en Bretagne où il n'y a pas d'autoroute, s'est ajoutée au grondement social. Même si la plupart des Français se taisent, des colères sourdes gagnent les esprits. Attention !

Par le truchement du micro, je tends l'oreille, j'écoute et je canalise.

Être attentif aux propos tenus, rester en éveil.

Si le peuple n'a pas toujours raison, il n'a pas souvent tort. Le bon sens populaire nous alerte et ses avertissements nous mettent en garde.

À mon poste, je prends le pouls du pays. Je ne suis pas le seul. Je pense là aux inlassables marcheurs qui s'en vont à la rencontre des Français : par exemple le député MoDem des Pyrénées-Atlantiques Jean Lassalle ou le médecin généticien Axel Kahn[1]. Et même Jean-Pierre Raffarin, ancien Premier ministre, qui s'est, lui aussi, lancé sur les chemins de Compostelle...

Sont-ils taxés, eux aussi, de « populisme » ?

---

1. *Cf.* Axel Kahn, *L'Homme, le libéralisme et le bien commun*, Stock, octobre 2013.

13

Réveillez-vous, réveillons-nous !

Nous enrageons souvent, nous nous plaignons souvent, et, finalement, nous subissons. Trop souvent. Et nous nous retrouvons impuissants, comme le chômeur qui ne reçoit aucune réponse à ses dizaines de lettres de candidature ; impuissants comme l'artisan ou le patron de PME qui voit ses charges sociales augmenter inexorablement ; impuissants comme l'ouvrier ou l'employé qui apprend la fermeture de son usine ou de son entrepôt parce que sa lointaine direction veut satisfaire ses actionnaires. Mille autres exemples pourraient être développés…

Beaucoup d'entre nous enragent, mais contre qui, et contre quoi ? Contre la mondialisation de l'économie ? Contre l'Europe ? Contre l'immigration ? Contre la finance ? Ou alors, plus globalement, contre un ennemi lointain non identifié ? Ne pas réussir à identifier le ou les responsables des dégâts nourrit naturellement l'angoisse, puis la colère. D'autres enragent à juste titre devant les inégalités, les privilèges, les injustices, les violences. Mais la grande masse reste indolente, passive, et ne se révolte plus. Nous sommes réduits au silence… Nous perdons toute exigence, nous démissionnons, emportés par les nouveaux codes de notre époque aux idées molles...

C'est pourquoi nous avons besoin d'un sursaut collectif pour agir et prendre nos responsabilités. « Responsabilité », voilà le mot-clé de ce livre, que je jette en pâture aux dirigeants politiques, aux journalistes et aux citoyens.

J'ai déjà souligné l'utilisation, trop fréquente à mes yeux, de l'expression « responsable politique », galvaudée s'il en est, et vous vous souvenez du trop fameux « responsable, mais pas coupable », que je choisis de transformer en « irresponsable, donc coupable ». L'expression « responsable politique » qui sous-entend que la classe politique serait tout naturellement responsable me gêne ! Les politiques sont-ils responsables quand ils dissertent sur les plans de sauvegarde de l'emploi pour nous cacher la vérité, car, en réalité, ce sont des licenciements collectifs ? Sont-ils responsables quand un ministre annonce : « Les impôts vont continuer à monter jusqu'au jour où ils baisseront » ? Sont-ils responsables quand ils laissent la France s'endetter inexorablement ? Le sont-ils quand ils mettent tant de temps à réagir aux insultes racistes dont est victime l'une des leurs ? Le sont-ils quand ils n'ont pas le courage de fixer des limites à l'assistanat ? Le sont-ils quand ils acceptent sans sourciller des négociations de libre-échange tout en étant parfaitement conscients des dégâts considérables à venir ? Le sont-ils quand ils subissent sans réagir l'influence des lobbys de la finance ? Le sont-ils lorsqu'ils se réjouissent avant tout des déboires de leurs adversaires au lieu de proposer des idées qui aideraient la France à avancer ?

Souvent, trop souvent, ceux que l'on dit « responsables » fuient leurs responsabilités publiques ou ne les assument pas. C'est alors que la parole politique se mue en un brouhaha, en un bruit de fond si familier que nous n'y prêtons plus aucune attention. En juin 2013, un ministre m'a avoué :

« C'est compliqué de simplifier. » Je suis resté muet devant cet aveu.

Alors j'enrage et je crie : « Bougez-vous, bougeons-nous ! » Les impôts sont trop élevés en France, tout le monde en convient, même ceux qui les augmentent ! Mais le rôle des responsables n'est-il pas justement d'expliquer comment l'impôt sert l'intérêt général, comment notre argent est utilisé ? L'imposition semble devenue aveugle, elle frappe, et forcément devient injuste, alors que l'impôt sous toutes ses formes reste le meilleur moyen de rendre la justice et de rééquilibrer les efforts de chacun pour le bénéfice de tous. L'impôt ne doit pas servir à punir, mais plutôt à encourager l'initiative et la créativité, à travers des incitations judicieusement choisies.

Longtemps on a appelé celui qui était chargé de percevoir la taxe l' « imposteur » ! « Il nous trompe ! » pensait-on. L'« imposteur », c'est même aujourd'hui le nom d'un poisson également appelé « filou » ! Imposer, c'est établir un impôt, mais aussi forcer à faire ou à payer... L'article 13 de la Déclaration des droits de l'homme et du citoyen nous rappelle que la « contribution doit être également répartie entre tous les citoyens ». On attend maintenant la grande réforme fiscale promise par tant de présidents (c'était aussi l'un des engagements de François Hollande). L'assommoir fiscal fonctionne à plein régime depuis des dizaines d'années parce que l'État consomme et dépense sans limites : voilà ce qui est irresponsable ! Comme est irresponsable la réaction de ceux qui abusent de la sécurité sociale ou de ceux qui prennent comme argument le matraquage fiscal pour frauder le fisc en toute conscience, et parfois même en se vantant ! Quel courage !

La récente augmentation de la TVA illustre parfaitement cette inconsistance : d'abord, les taux divers ont beaucoup varié, ensuite, personne ne comprend pourquoi un secteur particulier voit sa TVA baisser et pourquoi tel autre voit le taux augmenter. Cela produit des inégalités surprenantes devant l'impôt. Sans parler des incohérences : les gouvernements nous incitent à être plus vertueux dans nos déplacements afin de contribuer à la préservation de notre environnement, et voilà que le taux de TVA sur les transports publics passe subitement de sept à dix points ! Cette augmentation de TVA rapporte, nous dit-on, près de 7 milliards d'euros, de l'argent qui sera utilisé pour financer en partie le crédit d'impôt pour la compétitivité et l'emploi, crédit d'impôt qui doit permettre aux entreprises de baisser le coût du travail, et ce, afin que ce dernier apparaisse plus compétitif sur les marchés étrangers.

Mais qui va utiliser notre argent ? Bien sûr, les plus grandes entreprises, car le crédit d'impôt est proportionnel au nombre de salariés. Nous allons donc aider la grande distribution avant tout, mais aussi Bouygues, Veolia, Sanofi, BNP Paribas, Vinci et tant d'autres grands conglomérats qui, à juste raison, investissent de plus en plus à l'étranger et y créent donc de plus en plus d'emplois.

Avez-vous entendu le Medef contester ce crédit d'impôt pour la compétitivité et l'emploi (CICE) ? Cet organisme est complice des choix du gouvernement et se soucie bien peu des très petites entreprises (TPE) et des petites et moyennes entreprises (PME). Qui a eu l'idée de ce CICE ? Louis Gallois, ex-PDG de la SNCF, puis d'EADS, un homme estimable et d'une probité sans faille, qui avait été appelé à la rescousse par un gouvernement et un président de la République déjà à court d'idées six mois seulement après l'élection. Quant à la TVA version François Hollande, elle ressemble étrangement à la TVA sociale version Nicolas Sarkozy. On pourrait presque dire : Nicolas Sarkozy l'a annoncée, François Hollande l'a mise en place ! Où sont les hommes d'État capables de bousculer tous les conservatismes, de réhabiliter la politique, de donner une stature au « destin national » ?

N'est pas de Gaulle qui veut ! Pourtant, d'année en année, les gerbes s'accumulent sur son tombeau à Colombey-les-Deux-Églises. Maintenant, tous les partis politiques rendent hommage au Général ! On a même vu une gerbe du Front national à l'automne 2013 ! Aucune vergogne pour ce parti créé sur fond d'antigaullisme, nouvelle force politique dont certains anciens dirigeants ont combattu de Gaulle et même défendu ouvertement ceux qui avaient attenté à la vie du Général ! Comme l'a justement rappelé mon collègue Hervé Gattegno sur l'antenne de RMC dans l'une de ses chroniques, plus personne aujourd'hui n'ose s'afficher antigaulliste.

Alors que chaque dirigeant médite la leçon : pour le général de Gaulle, l'intérêt général a toujours primé. De Gaulle avait vécu deux guerres avec une grande perdante : l'Europe. Soucieux avant tout de l'indépendance de la France, il avait travaillé sans relâche à la réconciliation franco-allemande et à la construction européenne, passant outre toutes ses réticences, se forçant à effacer ses souvenirs de guerre pour avancer dans l'intérêt mutuel des peuples. Avec le chancelier Konrad Adenauer et d'autres, il a fondé la paix.

Car il n'est jamais assez rappelé que, depuis soixante-dix ans, notre continent, l'Europe, est en paix. Plusieurs générations ont vécu en paix. Si j'évoque Charles de Gaulle, c'est pour souligner le courage d'un homme qui a pris ses responsabilités et a rendu la parole au peuple, ce peuple qui détient la souveraineté nationale et qui exerce cette souveraineté par ses représentants et par la voix du référendum. Le 27 avril 1969, de Gaulle subit un échec ; le lendemain, il démissionne.

Avec le raccourcissement du mandat présidentiel, il serait aujourd'hui difficile d'agir de même, mais nos élections intermédiaires servent de référendum, et les dirigeants devraient en tirer les conséquences politiques : changement de gouvernement, nouveau Premier ministre et, en cas d'échec grave pour une majorité, dissolution de l'Assemblée nationale. Prenons le pari qu'aucun référendum ne sera organisé avant longtemps en France, malgré les innombrables promesses en ce sens. Les Athéniens, eux, sanctionnaient leur classe politique en pratiquant l'ostracisme : l'assemblée des citoyens vous bannissait par un vote en vous condamnant à l'exil. Le banni était exclu dix ans de la vie politique. Le système perdit cependant très vite son caractère démocratique en raison des luttes d'influence.

En France, aujourd'hui, la sanction politique ne « tombe » véritablement que tous les cinq ans, au moment de l'élection présidentielle accompagnée du scrutin législatif (est-ce d'ailleurs une erreur ?), ce qui donne au pouvoir en place le « temps de l'action », mais aussi une certaine responsabilité morale. L'opposition devrait s'imposer la même responsabilité. Quel est l'élu mis en examen qui démissionne ou met sa carrière politique entre parenthèses le temps de l'instruction de son affaire ? Quel est le député (ou ministre) qui ose se retirer lorsqu'il est gravement en désaccord avec son parti ou son gouvernement ? Les calculs politiciens l'emportent vite sur les convictions. Or, l'élu est au service du public, il s'est engagé auprès de ses électeurs, il les représente. À ce titre, il ne devrait pas se laisser emporter par l'émotion collective, il ne devrait pas céder trop vite à l'opinion publique ou à des calculs carriéristes.

Ce « rappel à l'ordre », je l'entends tous les matins sur mon antenne. « Nous voulons de la rigueur morale », répètent les auditeurs aux femmes et aux hommes politiques que je reçois jour après jour. Quand des convictions ont été bien défendues, quand des choix clairs ont été présentés, le message passe et un débat constructif s'engage. La parole politique reste précieuse, j'en suis convaincu. C'est pourquoi le renoncement, la confusion et les contradictions déroutent autant qu'ils exaspèrent. De cette foule sans visage qui s'exprime tous les matins surgissent des voix indignées, mais aussi beaucoup de vérité. J'exhorte les élus à les écouter.

Certes, l'information circule vite, parfois trop vite, mais cela devrait inciter les « responsables politiques » à prendre le temps d'expliquer et de convaincre. Ne pas se hâter, montrer sa solidité, sortir du conformisme intellectuel, renverser l'« entonnoir » en affichant et en assumant d'abord des choix précis : un État fort qui s'impose une rigueur budgétaire absolue, un État qui choisit de ne plus augmenter les impôts et qui s'y tient, un État qui rééquilibre ses comptes comme chacun d'entre nous s'astreint à le faire au niveau de son foyer. Trop d'élus, trop de strates administratives, trop de fonctionnaires territoriaux. Combien d'hommes politiques, de syndicalistes, de chargés de mission, de délégués en tout genre vivent aux frais de l'État ? Rappelons aussi la quantité innombrable de règles, de normes, d'obligations, d'interdictions qui viennent freiner les initiatives. L'État se protège avant de nous aider à mieux vivre. Il a même inventé pour nous le fameux « principe de précaution » !

Or, un État responsable est un État volontaire, qui doit donner la force de l'élan, stimuler l'innovation, l'esprit d'entreprise, penser à améliorer sans relâche le fonctionnement de nos deux grandes institutions, l'éducation nationale et le système de santé. À ce propos, je repense à un mail envoyé par Carine, l'une de nos auditrices :

J'écoute votre émission et, comme tous les jours, je me dis que les Français n'ont aucune idée de la chance qu'ils ont ! Mes enfants vont à l'école gratuitement. J'ai pu retourner travailler après mes congés parentaux, car ils ont été accueillis en crèche. J'ai été opérée il y a quelques semaines, cela ne m'a rien coûté, j'ai continué à percevoir une partie de mon salaire tout en étant en arrêt maladie. Si j'habitais en Allemagne ou aux États-Unis, aurais-je cette chance ? Est-ce que ma vie est toujours rose ? Non, mon époux et moi sommes des travailleurs indépendants, nos impôts ont augmenté et nos fins de mois sont rouges dès le 20 (le fameux syndrome du 20 du mois !), mais je regarde devant et je me bouge sans accuser la Terre entière de mes malheurs.

J'aime ce message qui renverse les idées reçues : les Français se sacrifient, mais ils ne sont pas résignés pour autant, pour reprendre un slogan récent.

Un État fort doit aussi être capable de desserrer son étreinte, d'accorder plus d'autonomie et de laisser au citoyen le choix de son destin, tout en maîtrisant les flux migratoires et la circulation des biens, et en garantissant de justes équilibres. Il doit défendre un patriotisme ouvert et une République que je qualifierais de « lumineuse », car garante de l'esprit de tolérance. L'État doit être sans cesse sur le qui-vive, car, je l'entends, les propos racistes sont devenus ordinaires. Vigilance et responsabilité pour ne pas céder, pour aller plus loin que l'insupportable « je ne suis pas raciste, j'ai des amis noirs ou maghrébins », pour nourrir nos consciences.

L'intolérance s'exprime davantage dans le discours politique que dans la société, révélait Hervé Gattegno dans un autre « Parti Pris » de novembre 2013. Il ajoutait : « Que des imbéciles écrivent n'importe quoi sur les réseaux sociaux est affligeant ; c'est un mal de l'époque. Il n'y a presque plus de frontière entre le privé et le public. Mais les élus ne sont pas là pour flatter les bas instincts de l'opinion. Et, hélas, on voit à l'Assemblée des attitudes misogynes ou homophobes aussi désinhibées que les injures lancées à Christiane Taubira. C'est simplement la preuve que le Parlement est plus représentatif qu'on ne le dit : il y a en proportion autant de crétins sur ses bancs que dans la société française ! »

L'État a l'obligation de ne pas faillir, et nous non plus. Car nous sommes souvent peu attentifs à ses dysfonctionnements. Sur 100 messages postés sur les réseaux sociaux, deux en moyenne sont racistes (estimation du président de Netino, une société française spécialisée dans la modération des espaces participatifs et modératrice pour un grand nombre de médias). Souvenons-nous qu'une femme ministre élue d'outre-mer, Christiane Taubira, a été insultée, traitée de singe, puis de guenon. La proportion alors des messages racistes est montée à 20 %. Il aura fallu des insultes à répétition pour que les responsables politiques et nous, journalistes, y prêtions vraiment attention. Seuls, dans un premier temps, Marie-George Buffet, ex-secrétaire générale du Parti communiste français et députée communiste de Seine-Saint-Denis, et Jean Glavany, député PS des Hautes-Pyrénées, ont su réagir. Où étions-nous ? Où était le président de la République, les ministres, l'opposition ? Lorsque Christiane Taubira est entrée dans l'hémicycle de l'Assemblée nationale, elle a été ovationnée par la gauche et les centristes, mais les députés UMP et… Delphine Batho, députée socialiste des Deux-Sèvres, sont restés assis.

Alain, un auditeur, m'a récemment écrit ceci :

Mon grand-père disait qu'il ne voulait pas se battre, mais qu'il le fallait pour défendre nos familles, même si ceux qui avaient déclenché la guerre avaient de mauvaises raisons. En revenant blessé de Verdun, il déclara que c'était trop horrible pour que ça recommence et il ajouta à l'époque : « Maintenant les hommes vivront enfin en frères. »

Vingt-quatre années plus tard, le grand-père d'Alain, résistant, connut l'ignominie de Buchenwald et de Mauthausen…

À son retour, mon grand-père ne croyait plus en la sagesse de l'humanité, mais il croyait toujours en l'homme.

Trop de promesses, trop de calculs, trop d'abandons poussent certains d'entre nous, à l'esprit revanchard, à s'accrocher à l'espoir suscité par des partis qui n'ont jamais gouverné, pendant que d'autres attendent le retour de l'« homme providentiel », en l'occurrence Nicolas Sarkozy (il reviendra : connaissez-vous un homme politique ayant renoncé au pouvoir ?). Mais ceux qui restent, beaucoup plus nombreux, préfèrent tourner le dos au vote en grommelant « de toute façon, ils sont tous pareils ».

Lisons pour illustration Jean Stéphane, l'un de nos auditeurs qui écrit de Haute-Savoie :

J'ai 48 ans et je suis fier de ne plus voter. La place est bonne, ils pensent à eux avant tout.

Je reçois des milliers de messages semblables à celui-ci. Ils me confortent dans l'idée que notre classe politique ne se renouvelle pas suffisamment (on n'est jamais vraiment battu en France, on ne disparaît jamais du « paysage », ou en tout cas rarement). Avons-nous vraiment envie de revoir un face-à-face François Hollande – Nicolas Sarkozy en 2017 ? Une réforme institutionnelle paraît indispensable : suppression des départements, vote blanc comptabilisé en suffrages exprimés, réduction du nombre de députés et sénateurs, députés en partie élus au scrutin proportionnel, pas plus de deux mandats consécutifs pour tous les élus, suppression de tous les avantages consentis aux parlementaires, mais une meilleure rémunération (accompagnée de l'obligation de justifier tous les frais engagés), etc.

Plus les dirigeants seront irréprochables, plus les efforts demandés pourront être acceptés. En aucun cas ce ne seront des remaniements, des changements de Premier ministre ou des dissolutions de l'Assemblée nationale qui apporteront les solutions durables : elles s'imposent démocratiquement mais ces artifices purement politiciens ne suffisent pas et ne grandissent pas ceux qui y remédient. Le peuple n'est pas dupe, même quand la tromperie n'est pas loin. À l'automne 2013 je recevais Vincent Peillon, ministre de l'Éducation nationale. En marge des rythmes scolaires, j'évoquais avec lui le déficit budgétaire de la France. « La dette augmente », lui disais-je. « Non », répondait-il, expliquant que les déficits baissaient. Entretenait-il volontairement l'ambiguïté ? En effet, le déficit peut baisser et la dette augmenter ! J'aurais dû être plus attentif encore et débusquer ce subterfuge.

Je citerai ici une affirmation que l'on attribue à Louis XIV : « L'artifice se dément toujours et ne produit pas longtemps les mêmes effets que la vérité. » Nos auditeurs, eux, ont très vite relevé le « mauvais calcul » du ministre.

« Nous agissons pour le bien de la France. » Ce mantra, vous le connaissez ! Voilà une phrase type répétée dans tant de discours ou de déclarations, une phrase complètement creuse, à la rhétorique parfois historiquement dangereuse (le maréchal Pétain employait souvent cette formule). Elle ne convainc plus aujourd'hui.

Autre expression souvent entendue : « Le ministre (ou le Premier ministre) prend de la hauteur, il ne s'exprime plus dans les médias. » C'est clair : s'il prend de la hauteur, c'est qu'il baisse dans les sondages d'opinion ! Tout cela est médiocre. Nous sommes bien loin de la « hauteur » prise par certains « grands hommes », et je tiens ici à dire l'admiration que j'éprouve pour deux « vrais » responsables politiques qui, chacun à sa façon, se sont dressés devant l'adversité pour atteindre des « hauteurs héroïques ». Je veux parler de Winston Churchill et de Nelson Mandela.

À quelques années près, ces deux-là auraient pu se croiser et se retrouver face à face en Afrique du Sud, l'aîné, Winston Churchill, ayant participé à la guerre des Boers. Churchill, fils d'aristocrate, rebelle, franc-tireur politique. Dans sa magnifique et très complète biographie de l'homme d'État britannique[1], l'historien François Kersaudy écrit :

1. *Cf.* François Kersaudy, *Winston Churchill*, éd. Tallandier, 2009, p. 635.

Certains changent de principes pour l'amour de leur parti, Winston, lui, a changé de parti pour l'amour de ses principes.

De Gaulle lui-même affirmait à son propos : « Il fut le plus grand artiste d'une grande histoire. » Constamment à contre-courant de l'opinion publique, Winston Churchill avait perçu bien avant les autres le danger nazi dans des années trente anesthésiées par un pacifisme béat. Il puisait dans l'épreuve une inoxydable énergie et ne voulut rien cacher lorsqu'en 1940, en présentant son gouvernement aux Communes, il prononça cette célèbre phrase : « Je n'ai rien d'autre à offrir que du sang, de la peine, de la sueur et des larmes. »

Churchill était un homme libre et il le prouva encore lorsqu'en 1955, la reine Élisabeth lui proposa un duché pour services rendus à la nation et qu'il déclina son offre : « J'étais si ému par sa beauté, son charme et sa gentillesse que j'ai bien failli accepter. Et puis je me suis souvenu qu'il me fallait mourir comme j'étais né : sous le nom de Winston Churchill. Je lui ai donc répondu que je ne pouvais accepter, et l'ai priée de m'excuser[1]. » Winston Churchill pouvait aussi se montrer injuste et cruel avec ses adversaires politiques, et notamment avec son rival travailliste Clement Attlee. Battu aux élections législatives de 1945, Churchill lança ce commentaire perfide le lendemain de sa défaite : « Un taxi vide s'arrête devant le 10, Downing Street. Monsieur Attlee en descend. »

J'admire Nelson Mandela plus encore que Winston Churchill. Après avoir été emprisonné durant vingt-sept ans, l'exceptionnel homme d'État sud-africain continua sa lutte pour nous rappeler que « personne ne naît en haïssant son prochain à cause de la couleur de sa peau ». Nelson Mandela a été pendant cinq ans président de la République

1. *Cf.* François Kersaudy, *op.cit.*, p 635.

sud-africaine, puis a su se retirer, démontrant sa capacité à se hisser à la hauteur des événements. Mandela a lutté pour son peuple. Il a accepté d'exercer le pouvoir et il a choisi de le quitter sans hésiter, sans jamais chercher la moindre revanche. Nelson Mandela savait simplement que le racisme n'est pas une attitude naturelle, mais un désordre intellectuel.

Ce désordre gagne-t-il parfois nos esprits ? Comment exister, vivre, évoluer, sans s'empêcher de penser que l'autre est responsable de ses propres malheurs ? Thierry, un auditeur de la Loire, apporte une réponse : « Dans mon quartier populaire où se côtoient des habitants de toutes les origines, on vit en bonne intelligence, parce qu'on est tous dans la merde. » Solidarité et fraternité : des valeurs éternelles auxquelles je crois. Facile, pouvez-vous me rétorquer, quand on habite un logement confortable au cœur de Paris, que l'on peut dormir tranquillement la nuit, que le hall de son immeuble n'est pas sans cesse squatté, que son enfant peut aller à l'école sans peur d'être racketté. Oui, c'est vrai, c'est facile, voilà pourquoi nous sommes d'autant moins exonérés de nos responsabilités, nous, les journalistes, tout comme les dirigeants politiques.

Comment voulez-vous que toutes celles et tous ceux qui sont « dans la merde » entendent ces dirigeants répéter qu'ils agissent « pour le bien de la France et des Français », des mots dénués de sens ? Ce sont ces mêmes dirigeants qui, arrivés au pouvoir, dépensent tant d'énergie à critiquer les choix passés et, quand ils sont dans l'opposition, tant d'énergie à combattre les choix présents. Les Français sont las de ces incessantes querelles. Ne pourront émerger que celles et ceux qui, plus sobrement, proposeront, avanceront, s'engageront à gouverner en limitant le nombre de textes de loi et en simplifiant vraiment les pesanteurs administratives. Missions, commissions, rapports, l'État est asphyxié, paralysé et ne peut plus. La facilité est alors de ne plus décider. Qui bousculera ces conservatismes ? J'ai de l'estime pour de nombreux dirigeants politiques, mais je ne donnerai aucun nom, non pas pour déplaire, mais plutôt pour ne pas trop plaire !

Nous, journalistes, devons aussi prendre nos responsabilités. L'histoire ne manque pas d'exemples de comportements lâches qui doivent nous faire réfléchir. Je pense notamment à la période de l'entre-deux-guerres. L'opinion publique très antimilitariste avait entraîné une complicité objective entre le gouvernement et la presse. Rares étaient alors les journalistes à souligner le péril nazi, et les accords de Munich avaient été applaudis. Je défends un journalisme engagé, citoyen et responsable. Je m'expose, et alors ? Je dis ce que je pense, et alors ? Je me souviens des débats et polémiques qui divisaient notre profession il n'y a pas si longtemps. « Attention ! Le citoyen devient journaliste. Il se substitue à lui s'il prend trop la parole », nous disait-on. Ce débat est devenu obsolète ; les auditeurs signalent parfois tel ou tel événement, mais ils savent où s'arrête leur rôle. Les réseaux sociaux et les smartphones ont tout bousculé mais, paradoxalement, ces nouveaux médias renforcent l'importance des journalistes qui, plus que jamais, doivent hiérarchiser, trier le vrai du faux, analyser, mettre en perspective, prendre le recul nécessaire… Écouter encore et toujours.

Je suis persuadé que le journalisme de terrain, celui qui prend le temps, a un bel avenir. Les longs reportages deviendront, en complétant et en enrichissant l'urgence factuelle, une nécessité. À ce propos – et je sais que je ne serai pas forcément suivi sur ce point –, je suis gêné par la précipitation avec laquelle nous avons accueilli en novembre 2013 « nos » otages devenus des héros malgré eux, précipités dans la fosse médiatique, poussés à s'exhiber, à s'exprimer, et ce, avant tout par des dirigeants politiques soucieux, eux, de prouver qu'ils se préoccupent de nous, soucieux de se légitimer. Les terroristes ou autres ravisseurs crapuleux se réjouissent toujours de cette exposition qui fait monter la valeur de cette « marchandise humaine » et les fait exister. Et comment ne pas être ulcéré par la réaction de Marine Le Pen, qui n'a pas hésité à dévisager des otages libérés pour repérer certains signes ostentatoires, preuves à ses yeux d'une conversion forcée à l'islamisme intégriste !

Nous devons parfois savoir être silencieux dans un monde qui a peur du silence et de l'absence au point de nous conduire tous à remplir chaque espace, à multiplier les « small talks », ces discussions pour ne rien dire. « Ça va ? » Combien de fois pose-t-on cette question sans même se soucier de la réponse ? Amusez-vous à répondre « non, ça ne va pas trop » : vous verrez que cela ne changera rien, votre interlocuteur aura déjà tourné les talons. Nous avons peur de l'ennui, du manque, alors nous nous gavons, et nous résumons tout. Nous vivons d'extraits de films, de musique, de livres… Même les plus grands classiques de la littérature ont été triturés, découpés, simplifiés. À force de tout avaler sans exigence, sans effort, nous devenons obèses, avec pour seul plaisir une consommation effrénée.

Le journalisme, le mien, le nôtre, tend aussi à se laisser emporter. Le calibrage prédéfini oblige à faire passer l'information par un prisme déformant qui égalise tout au même format. L'important devient accessoire, et vice-versa. L'événement est toujours « historique » – je déteste cette expression – et le fait anecdotique. Nous sommes souvent déconsidérés, peu crédibles, parce que tournés sur nous-mêmes, guettant l'approbation, cherchant le compliment sur une tournure de phrase ou sur une bonne question. Plus inconséquent encore, me semble-t-il : nous sommes les champions du corporatisme. Et nous ne gardons pas nos distances. « Sachez dire non, osez être différents et évitez tout suivisme », voilà les principaux conseils que je donne à tous les jeunes journalistes qui m'entourent. Le doute doit sans cesse nous guider et nous ne devons pas avoir peur de l'indignation. Elle n'empêche ni la rigueur ni l'honnêteté professionnelle.

Exerçons-nous notre pouvoir – qui est réel – en oubliant les responsabilités qu'il implique ? Je me suis mille fois posé la question sans pouvoir apporter de réponse satisfaisante. Alors j'ai choisi de m'engager pour, au moins, combattre « les haines françaises », l'esprit partisan, l'intégrisme de la pensée et, ce que je déteste le plus, ces expressions en guise d'excuses permanentes (« ce n'est pas moi », « je n'y suis pour rien », « je ne suis pas responsable »), cette démission collective encouragée par le malheureux principe de précaution.

« Bougeons-nous ! » avais-je lancé un matin, emporté par je ne sais quelle colère contre l'immobilisme. Depuis, j'ai entendu l'écho, j'ai vu ce « bougeons-nous ! » rebondir dans les courriels et au téléphone. Agir donne le pouvoir, prenons-le, relevons-nous ; nous avons notre liberté entre nos mains.

Platon, Aristote, John Locke et Montesquieu avaient théorisé la séparation des pouvoirs. Les révolutions successives ont ensuite transféré une partie du pouvoir au peuple, ce qui impose une responsabilité accrue. Mais aurions-nous perdu un peu de ce pouvoir à cause de trop de renoncements, par faiblesse ou par lâcheté ?

Je m'interroge souvent : un journaliste doit-il voter ? Suis-je de gauche ou de droite ? Le sais-je moi-même ? Un journaliste doit-il partager ses choix politiques ? Le journalisme d'opinion est respectable tant qu'il n'est pas au service de causes condamnables. Très jeune, j'étais déjà intéressé par le débat politique. De Gaulle était au pouvoir et mon père ne l'aimait guère, préférant vivre dans le passé colonial de l'Algérie française, notamment. En 1975, la « voix de bronze » de Jean-Louis Tixier-Vignancour, avocat et homme politique nationaliste, résonna à la maison, et je fus emporté par un enthousiasme juvénile et l'utopique vision d'une France nationaliste. Je crois même avoir collé quelques affiches pour ce candidat, ancien défenseur de Louis-Ferdinand Céline et du général putschiste Raoul Salan. L'homme obtint 5,2 % des suffrages à la présidentielle de 1965, terminant quatrième du scrutin, derrière le général de Gaulle, François Mitterrand et Jean Lecanuet.

Mon bref engagement politique s'est arrêté là. J'ai pris mes distances et me suis rendu compte que je détestais toute forme d'intolérance. Je n'ai plus voté pendant longtemps, avant de choisir Jacques Chirac en 2002, puis François Bayrou en 2007 et en 2012, sans illusion, par devoir citoyen.

Pourquoi en parler publiquement ? Mais pourquoi ne pas le faire ? Il n'est pas question de se prononcer avant le vote, mais j'assume cette transparence pour bousculer ce travers bien français consistant à étiqueter, à classer chacun d'entre nous dans des tiroirs bien rangés. Aujourd'hui, je me sens encore plus libre, alors j'ai choisi – et j'assume – de vous faire partager ce en quoi je crois et ce que je supporte de moins en moins au fil du temps.

Souvenons-nous des jours précédant la qualification de l'équipe de France de football pour la Coupe du monde brésilienne. Battus en Ukraine et desservis par les propos maladroits et suffisants de certains joueurs incapables de prouver leur talent sur le terrain, la Fédération, l'entraîneur et l'équipe ont été malmenés par les médias et l'opinion publique à juste raison, mais fallait-il aller jusqu'à souhaiter la défaite de cette équipe comme je l'ai trop souvent entendu ? Je n'aime pas cette France défaitiste qui joue contre ses couleurs, qui siffle le 11-Novembre, une France qui collabore...

Je ne suis pas sûr que les joueurs se soient battus pour la nation mais, en revanche, je suis certain qu'ils sont allés chercher la victoire pour leur honneur. Isabelle, une auditrice, m'a écrit, après la qualification :

Bonjour aux grincheux, aux râleurs de notre beau pays ! Réjouissons-nous quand une équipe de sport se dépasse et atteint son objectif.

Je n'aime pas ces professeurs de collège qui associent le monde de l'entreprise à celui de l'exploitation et du stress, et qui pensent que l'école n'a pas à préparer les élèves au marché du travail[1]. Je n'aime pas ces grands dirigeants d'entreprise qui n'ont aucun esprit citoyen, qui ne travaillent que pour leurs actionnaires, qui pressent leurs sous-traitants et qui ne se soucient, en définitive, que de leur avenir personnel. Je n'aime pas certains « acquis » qui plongent la France dans l'immobilisme, ces élus, ces syndicalistes, qui vivent fort nombreux aux frais de l'État. Je n'aime pas la gauche sectaire qui dénigre tout esprit patriote, qui veut imposer un conservatisme moral en rééduquant les clients de prostituées, qui défend envers et contre tous la jeune femme voilée de la crèche Baby Loup. Je n'aime pas les assistés qui, par mauvais esprit, pensent que tout leur est dû. Je n'aime pas la droite un peu rance qui veut fermer nos frontières, nous isoler, et qui se construit sur le rejet de l'autre.

Je n'aime pas la droite trop libérale qui donne un pouvoir infini aux marchés financiers. Je n'aime pas les inégalités et la « tyrannie » de l'argent, que dénonce le pape François (aux États-Unis, 95 % des bénéfices de la croissance sont captés par 1 % des individus les plus riches du pays). Je n'aime pas les intégristes de tous bords. Je n'aime pas les statistiques, qui ont pris trop d'importance. Comme le rappelait le chroniqueur économie Jean-Marc Daniel sur l'antenne de RMC à

1. *Cf.* sondage d'opinion pour RTL, novembre 2013.

l'automne 2013, l'homme d'État britannique (conservateur) deux fois Premier ministre Benjamin Disraeli disait : « Il y a en politique les mensonges, les fieffés mensonges et les statistiques. »

Je n'aime pas tous les « penseurs » qui rôdent autour des hautes sphères du pouvoir : les Alain Minc, les Bernard-Henri Lévy, qui passent leur temps à se pavaner dans les dîners en ville ou dans les médias pour indiquer les « bons choix » et les « bonnes directions ». Le premier parle sur ce ton proche de la confidence qui laisse croire qu'il possède les secrets les mieux gardés, le second choisit savamment le lieu de ses pauses photographiques « sur le terrain », en général la chemise blanche déboutonnée au milieu des décombres ou entouré de pauvres hères, figurants d'un instant pour les pages glacées de *Paris Match*.

Je n'aime pas voir la République soumise, je n'aime pas les pessimistes, les éternels insatisfaits, les indécis, la France tétanisée qui sursaute au moindre grondement. Je n'aime pas le tout-préparé, le tout-mâché, le tout-digéré, les badges, les mots de passe, la standardisation de l'esprit, notre société fragilisée au point qu'à chaque changement d'heure fleurissent des conseils pour ne pas être trop angoissé. Je n'aime pas savoir que, par un matin d'hiver, huit personnes se retrouvent autour d'un conteneur de supermarché à la recherche de nourriture. C'est inacceptable.

Je n'aime pas les idéologues qui s'arrogent le droit de dire ce que le peuple pense. J'entends et je lis partout ces mots définitifs : « Notre discours est majoritaire dans le pays. » Mais qui peut prétendre réunir une majorité en France aujourd'hui ? Qui peut vouloir emprisonner le peuple ? Quelques idéologues d'une gauche sectaire ou d'une droite souverainiste fanée. Quelques journalistes qui ne cessent de critiquer le système, mais qui se tiennent prêts à plonger la tête la première dans la bassine politique, oubliant toute liberté et toute indépendance.

Décidément, savoir rester à sa place n'est pas aisé! Et savoir penser la tête haute en regardant au loin demande un peu de tenue.

Je n'aime pas cette peur de l'autre, la peur du contact, de la moindre confrontation. Je n'aime pas, enfin, apprendre que les jeunes Japonais font de moins en moins souvent l'amour parce qu'ils rejettent toute forme d'intimité[1], et ce, quelle que soit la relation (de longue durée, d'un soir, ou purement sexuelle). Les jeunes Japonais ne croient pas que l'amour puisse mener où que ce soit. Là-bas, un tiers des moins de 30 ans n'ont jamais eu de relation et 45 % des 16-24 ans ne sont pas intéressés, voire méprisent le contact sexuel.

Un aperçu de notre futur? L'Asie des villes, l'Europe et les États-Unis sont sur ce chemin. Les taux de naissance s'écroulent partout, sauf en France, où l'amour a l'air de rester indispensable! La France va-t-elle si mal? Le quotidien *La Croix* a posé cette question en une. Je me dis qu'au «pays des impatiences bruyantes», la France est toujours capable d'inventer, de se régénérer et de retrouver une ardeur collective.

J'aime la France de Cathy, une auditrice de 30 ans qui m'écrit:

Je suis fille d'immigrés portugais, je ne peux plus entendre que les immigrés piquent le boulot des autres. Si ces immigrés trouvent du travail, c'est parce qu'il manque de la main-d'œuvre dans certains secteurs en France. Du travail, il y en a, mais il faut se retrousser les manches et ne pas avoir peur d'accepter certains emplois trop vite qualifiés de «dégradants». J'ai grandi avec certaines valeurs, nous devons être solidaires les uns des autres et nous rappeler que les immigrés contribuent depuis plus de trente ans à l'évolution de la France. La tolérance est la seule

1. *Cf.* enquête d'Abigail Haworth, "Why have young people in Japan stopped having sex?", in *The Guardian*, 20 octobre 2013.

valeur qui grandira notre monde. J'ai parfois honte d'entendre tout ce que l'on peut entendre... Je préférerais être sourde.

J'aime la France généreuse, qu'elle soit de droite ou de gauche. J'aime la France entreprenante que je rencontre chaque année à l'occasion de nos Trophées PME Bougeons-nous, à l'image de ce jeune ingénieur venu un matin sur RMC nous faire partager sa réussite : son entreprise, spécialiste de l'imagerie 3D, est installée dans l'Essonne. Elle a été choisie par James Cameron pour le tournage du film *Avatar 2*. Que me disait ce jeune entrepreneur ? « On a vite compris que le reste du monde se moquait de notre pays d'origine. C'est une success-story qui peut se répéter, il faut y aller ! » J'aime ces jeunes Français qui, dans toutes les enquêtes d'opinion, répètent qu'ils n'ont pas peur de changer de métier, de déménager dans une autre région ou un autre pays, non pas pour fuir, mais pour travailler et découvrir. J'aime ces Français qui, malgré la crise, continuent à donner autant et même plus aux plus démunis.

J'aime défendre notre pays, le progrès, la modernité, l'initiative face aux nationalistes, aux ronchons, aux « anti-tout », à celles et ceux qui tournent le dos au monde.

J'aime celles et ceux qui consacrent leur énergie à chercher, à innover, à transformer. L'intelligence est une ressource naturelle inépuisable, me semble-t-il.

J'aime la France, tout simplement.

« Un jour, un monsieur avec une salopette et un nez rouge a failli révolutionner la politique ! » me rappelait avec justesse Laurent, un fidèle auditeur. Que l'esprit de Coluche demeure...

Et, pour fermer la page, j'emprunte quelques mots au génial professeur Albert Jacquard : « La vie est une machine extraordinaire à faire du neuf. » Ce pourrait être la devise de ce livre.

Remerciements

Merci à

Alexandra Billot pour son travail de recherche,

toute mon équipe pour cette prouesse quotidienne, et plus particulièrement Anne Bingler, Tom Galtat, Nicolas Grebert et Isabelle Jolliot.

Table

et aussi

au cherche **midi**

Documents « Actualité »

PHILIPPE BILGER

États d'âme et de droit

LAURENT CABROL

Et si la Terre s'en sortait toute seule ?

JEAN-LUC CALYEL

GIGN. Les secrets d'une unité d'élite

YVES COUPRIE, EGON KRAGEL

Ovnis. Enquête sur un secret d'États

DIDIER DAENINCKX

La Mémoire longue

L'Espoir en contrebande

MARC FRESSOZ

F.G.V., Faillite à grande vitesse

MÉLINA GAZSI

Les Scandales du permis à points

HASSEN CHALGHOUMI

Pour l'Islam de France

AVEC DAVID PUJADAS :

Agissons avant qu'il ne soit trop tard

AUDREY GUILLER, NOLWENN WEILER

Le Viol, un crime presque ordinaire

LAURENT HUBERSON

Enquête sur Edwy Plenel

BRENDAN KEMMET

S.O.S police. Scènes de la vie quotidienne

RÉMY LANGEUX ET MATHIEU MAYE

Voyage au cœur d'une France fasciste et catholique intégriste

JEAN-YVES LE BORGNE

La Garde à vue, un résidu de barbarie

JEAN-PIERRE LUMINET

Astéroïdes : la Terre en danger

PATRICK PELLOUX

Urgences pour l'hôpital

Urgences... si vous saviez

Histoires d'urgences, tome 1

Histoires d'urgences, tome 2

HOMAYRA SELLIER ET SERGE GARDE

Enquête sur une société qui consomme des enfants

SIHEM SOUID

Omerta dans la police

La Suspendue de la République

PHILIPPE VÉNÈRE AVEC JEAN-BAPTISTE DROUET

Le Grand Racket des automobilistes

Documents « Politique »

ALAIN BOCQUET

Un Marx, et ça repart !

OLIVIER BESANCENOT

On a voté... et puis après ?

La Conjuration des inégaux

CLAUDE ESTIER

François Hollande. Journal d'une victoire

SAMIA GHALI

La Marseillaise

JEAN-MARC COPPOLA ET PIERRE DHARRÉVILLE

Aux armes, citoyens ?

JEAN-CHRISTOPHE LAGARDE

Les Hypocrisies françaises

MANUEL VALLS

L'Énergie du changement

Documents « Histoire »

ALEXANDRE BORYCKI

17 juillet 1942 : un train parmi tant d'autres

DENIS COHEN ET VALÈRE STARASELSKI

Un siècle de « Vie ouvrière »

THIBAULT DAMOUR

Si Einstein m'était conté

FRANÇOIS EYCHART ET GEORGES AILLAUD

« Les Lettres françaises » et « Les Étoiles » dans la clandestinité 1942-1944

PHILIPPE LAMARQUE

Le Débarquement en Provence jour après jour

CHRISTIAN LANGEOIS

Marguerite. Biographie de Marguerite Buffard-Flavien (1912-1944)

Henri Krasucki. 1924-2003

DOMINIQUE LORMIER

La Bataille de France jour après jour

L'Apport capital de la France dans les victoires des Alliés

La Libération de la France jour après jour

Histoires extraordinaires de la Résistance française

PAUL MARCUS

60 ans d'amours contrariées

Les relations franco-israéliennes de 1948 à aujourd'hui

ROCHUS MISCH

J'étais garde du corps d'Hitler

ALEXANDRE PROKHOROV

Le Modèle russe de gouvernance

MAURICE RAJSFUS

La Police de Vichy

La Police hors la loi

Les Français de la débâcle

Mai 68

La Censure militaire et policière 1914-18

De la victoire à la débâcle

Opération étoile jaune

La Rafle du Vel d'hiv

La Libération inconnue

Le Chagrin et la Colère

Candide n'est pas mort

Drancy. Un camp de concentration très ordinaire 1941-1944

EDVARD RADINSKY

Alexandre II. La Russie entre espoir et terreur

Nicolas II

Joseph Staline

JEAN-PIERRE RICHARDOT

SNCF. Héros et salauds pendant l'Occupation

GUY VADEPIED

Émilien Amaury (1909-1977)

La véritable histoire d'un patron de presse du XXe siècle

Documents « Biographies/Témoignages »

FLORENCE AMIOT-PERLMEYER

Je t'embrasse un grand coup
Rencontres avec Lucie Aubrac

ANDRÉ AUBERGER

Un fauteuil pour la vie

JEAN-MARIE CAMBACÉRÈS

Sihanouk, le roi insubmersible

LAURENT HUBERSON, JEAN-PIERRE DIOT

Garde du corps
15 ans au Service des hautes personnalités

ANNE JOUBERT

De la zone à l'ENA

OLIVIER DE KERSAUSON

Tous les océans du monde
Ocean's songs
Le Monde comme il me parle

VICTOR LANOUX

Laisser flotter les rubans

CÉCILE ET OLIVIER DE LA ROCHEFOUCAULD

Les Enfants du large

DENIS LEFEVRE

Les Combats d'Emmaüs

Les Combats de l'abbé Pierre

MICHEL LEGRAND

Rien n'est grave dans les aigus

IVAN LEVAÏ

Chronique d'une exécution

FRANÇOISE SAGAN

Tout le monde est infidèle

Entretiens avec André Halimi

JEAN-LOUIS TRINTIGNANT

Du côté d'Uzès

CHARLOTTE VALANDREY

L'Amour dans le sang

De cœur inconnu

N'oublie pas de m'aimer

VÉRONIQUE VASSEUR

Médecin-chef à la prison de la Santé

JACQUES WEBER

Des petits coins de paradis

ALAIN WODRASKA

Barbara, une vie romanesque

Documents « Société/Économie »

STÉPHANIE BECQUET

Journal d'un médecin généraliste

JACQUES BENHAMOU

Héritages, patrimoine, successions

SAUVEUR BOUKRIS

Ces médicaments qui nous rendent malades

Santé : la démolition programmée

La Fabrique de malades

CHRISTOPHE CAUPENNE

Négociateur au RAID

FRANCK CHAUMONT

Homo-ghetto

Gays et lesbiennes dans les cités : les clandestins de la République

YVES COUPRIE

Manuel de survie par temps de crise

BERTRAND COUSIN

Un énarque dans la choucroute

JEAN-BAPTISTE DROUET

Les Maltraitances invisibles

MARIELLE DUMORTIER

Mon médecin du travail

PR PHILIPPE EVEN ET PR BERNARD DEBRÉ
Guide des 4000 médicaments utiles, inutiles ou dangereux

PR PHILIPPE EVEN
La Vérité sur le cholestérol

SERGE PAPIN
Pour un nouveau pacte alimentaire

EMMANUEL PIERRAT ET LAURENT KUPFERMAN
Le Paris des francs-maçons

Mis en pages par IGS-CP - L'Isle-d'Espagnac (16)
Imprimé en France par CPI Brodard et Taupin
Dépôt légal : février 2014
N° d'édition : 3474 - N° d'impression : 3003941
ISBN : 978-2-7491-3474-1